ジョーン・G・ロビンソン 作・絵　小宮 由 訳

メリーメリー

へんしんする

岩波書店

MORE MARY-MARY
and "Mary-Mary is a Surprise"
from MARY-MARY

by Joan G. Robinson

First published 1958 by George G. Harrap & Co., Ltd., London.
This Japanese edition published 2017
by Iwanami Shoten, Publishers, Tokyo
by arrangement with Deborah Sheppard,
the Beneficiary of the Estate of Joan G. Robinson
c/o The Buckman Agency, Oxford,
working with Caroline Sheldon Literary Agency Ltd., London
and Tuttle-Mori Agency, Inc., Tokyo.

もくじ

描《か》き文字《もじ》　平澤朋子《ひらさわともこ》

1 メリーメリーときねんしゃしん

あるところに、メリーメリーという小《ちい》さな女《おんな》の子《こ》がいました。メリーメリーは、五人《ごにん》きょうだいのすえっ子《こ》で、きょうだいの一《いち》ばん上《うえ》は、おねえちゃんのミリアム、二《に》ばんめと三《さん》ばんめは、おにいちゃんのマーチンとマービン、四《よん》ばんめは、おねえちゃんでメグ、といいました。

おねえちゃんやおにいちゃんたちは、大《おお》きくて、なんでもしっている、かしこい子《こ》たちでした。すえっ子《こ》のメリーメリーは、まだ小《ちい》さいので、なんでもしっている、というわけではありません。

ですから、メリーメリーは、いつもみんなから、こんなふうにいわれていました。

「そんなふうにしちゃだめ、メリーメリー！　こうするの！」

「そっちにいっちゃだめ、メリーメリー！　こっちにおいで！」

すると、メリーメリーはたいてい、こんなふうにこたえました。

「いや。あたしのやりかたでする！」

「いや。あたしは、あっちにいく！」

メリーメリーの名《な》まえは、ほんとうは、ただのメリーなのですが、みんなからあかちゃんあつかいされて、いつしかメリーメリーと、よばれるようになったのです。

ある日《ひ》、おかあさんが、子《こ》どもたちにいいました。

「そろそろ、またしゃしんやさんで、あなたたちのきねんしゃしんを、とってもらおうとおもってるの。まえにとったときは、みんな、まだ小《ちい》さかったから」

「メリーメリーは、いまだって小《ちい》さいわよ」と、ミリアムがいいました。

「でも、あのときは、あかちゃんだったからね」と、マーチン。

「はいはいしててさ、オギャーってないてた」と、マービン。

「わたしのあたまのリボンを、ひっぱってたわ」と、メグもいいました。

それから四人《よにん》は、いっせいにしゃべりだしました。

「こんどは、五人《ごにん》でうつりたくないな」

「ひとりひとりがいい」

「ひとりずつ、しゃしん立《た》てにいれて！」

でも、おかあさんはいいました。

「べつべつにとると、お金《かね》がかかるわ。それにわたしは、五人《ごにん》いっしょのきねんしゃしんがほしいの。それを居間《いま》にかざれば、うちにあそびにくる友《とも》だちが、みんなみてくれるもの」

「どのふくをきればいい？」と、ミリアムがききました。

「ぼくは、ジーンズとセーターかな」と、マーチン。

「ぼくは、ハロウィンのときの、うちゅうふく」と、マービン。

「わたしは、よそいきのドレスにしよう」と、メグもいいました。

「あたしは、なにもきない」と、メリーメリーがいいました。

「え!?」みんなは、びっくりしました。

「とくべつなふくは、きないってこと」と、メリーメリーはいいました。

「ふくのことは、あんまりかんがえてなかったわ」と、おかあさんがいいました。「まあ、こざっぱりしてれば、それでいいわよ。たのしそうに、にっこりするのだけは、わすれないでね」

「メリーメリー。あなた、きちっとすわってなきゃだめよ」と、ミリアムがいいました。

「へんなかおするなよ」と、マーチン。

「べらべらしゃべるなよ」と、マービン。

「カメラにむかって、にっこりするのよ」と、メグもいいました。

「カメラにむかって、にっこりなんて、へん」と、メリーメリーはいいました。

「カメラマンにむかってならいいけど。それに、そのおじさんがすきになれなかったら、あたし、にっこりなんて、ぜったいできない」

「女《おんな》の人《ひと》かもよ、カメラマンは」と、メグがいいました。

「女《おんな》の人《ひと》でも、すきになれなきゃ、にっこりできない」と、メリーメリーはいいました。

すると、ミリアムとマーチンとマービンとメグは、またいっせいに、しゃべりだしました。

「おかあさん、メリーメリーったら、きねんしゃしんをだいなしにする気《き》よ」

「こいつ、にっこりしないいんだって」

「メリーメリーなしで、とろうよ」

「メリーメリーだけ、庭《にわ》で、ふつうのカメラでとれば?」

「ばかなこと、いわないでちょうだい」と、おかあさんはいいました。「だいじょうぶ。メリーメリーは、ちゃんとにっこりしてくれるわ。すこしほうっておきましょ。そしたらすぐにまた、いい子《こ》になってくれるから」

みんなが、きねんしゃしんをだいなしにするときめつけるので、メリーメリーは、カメラのまえで、どんなひどいかおをしてやろうかとおもいました。でも、おかあさんに、すぐにまたいい子《こ》になる、といわれて気《き》をとりなおしました。

そこで、ひどいかおのかわりに、にっこりするれんしゅうをはじめました。さいしょは、ゆかにむかって、にっこり。おつぎは、てんじょうにむかって、にっこり。それからテーブルやいすなど、目《め》につくものすべてにむかって、にっこりしてみました。

ところが、あんまりにっこりしていたせいで、だんだんかおが、へんになってきました。ほんとうにこのかおが、にっこりしているのか、わからなくなってきたのです。それに、かおもいたくなってきたので、ちょっとやすませようと、ほ

おつぎは、てんじょうにむかって、にっこり。

っぺをふくらませたり、目《め》をよせたりしました。それからもう一《いち》ど、にっこりしたとき、ミリアムがやってきました。

「なに？　そのひどいかお」と、ミリアムはいいました。

「ひどいかおなんてしてない」メリーメリーは、びっくりしていいました。「きねんしゃしんのための、れんしゅうよ」

「おかあさん！」ミリアムは、おかあさんのところへいって、いいました。「メリーメリーったら、やっぱり、きねんしゃしんをだいなしにする気《き》よ！　ねえ、ひとりひとりにしてよ」

「うん、それがいいよ」と、マーチンとマービンもいいました。

「わたし、銀色《ぎんいろ》のしゃしん立《た》てがほしい」と、メグもいいました。

でも、おかあさんはいいました。

「だめ。みんな、ききわけがわるい。それに、銀色《ぎんいろ》のしゃしん立《た》てなら、もううちにあるじゃない。ミリアムとマーチンが、あかちゃんだったときのしゃしんがはいってるのが。さ、とにかくメリーメリーをほっといてあげて。しんぱいしなくたって、メリーメリーは、ちゃんといい子《こ》にしてくれるわ」

メリーメリーは、じぶんのえがおが、そんなにへんなのかたしかめようと、げんかんのホールへいって、かがみのまえに立《た》ちました。そして、しばらくにっこりしたまま、かがみをのぞいていましたが、そのかおは、だんだんへんになって

あたらしくて おもしろいかおはできないかと、ためしてみました。

きました。

「へんなかお」メリーメリーは、つぶやきました。「うっかりわらっちゃうのは、かんたんだけど、わざとわらうのって、むずかしいわね。たぶん、だれかにむかって、わらってるんじゃないからよ。またあとで、おひるごはんのときにれんしゅうしよ」

メリーメリーは、ちょっとかおをやすませて、ほかに、あたらしくておもしろいかおはできないかと、ためしてみました。ですが、どれもひどいかおでした。

「だれかが、いやなことをいってきたら、こういうかおしてやろ」

おひるごはんのとき、ミリアムがメリーメリーにいいました。

「ちょっと、なんで、そんなへんなかおで、こっちをみるのよ」

「へんなかおじゃない。おねえちゃんに、にっこりしてるの」と、メリーメリーはこたえました。

「やめて。ひどいわ、そのかお」と、ミリアムはいいました。

そこでメリーメリーは、さっきつくった、あたらしくておもしろいかおをしてみせました。でも、ミリアムは、みえないふりをしました。

すこしして、おかあさんがいいました。

「メリーメリー、どうしたの？　おなかでもいたいの？」

「ちがう。にっこりしてるの、おかあさんに」

おかあさんは、びっくりしていいました。

「それって、いつものにっこりじゃないわ。なんでそんなことしてるの？」

「きねんしゃしんのれんしゅう」

すると、ミリアムとマーチンとマービンとメグが、いっせいにいいました。

「ほらー、やっぱり！」

「だからいったじゃないか！」

「きねんしゃしんを、だいなしにするつもりなんだよ！」

「カメラのまえで、へんなかおをするために、れんしゅうしてるのよ！」

メリーメリーは、もうだれも、じぶんをみてくれなくなったので、あたらしくておもしろいかおのつづきはしませんでした。つぎのきかいにとっておこうと、おもったのです。そこで、メリーメリーは、ねずみのおもちゃのモペットをみつけにいきました。

モペットは、寝室《しんしつ》のタンスの下《した》にころがっていました。メリーメリーは、モペットをひっぱりだすと、毛《け》についたほこりをはらって、小《ちい》さな黒《くろ》いひとみをじっとみつめました。

「モペット。いい？　よおく、みてて」メリーメリーはそういって、モペットに、にっこりしてみせました。

「さ、どんなふうにみえた？」と、メリーメリーはききました。

「あぁ、まるで、はみがきこのポスターの女《おんな》の人《ひと》みたいだったよ！」メリーメリーは、モペットのキーキー声《ごえ》でいいました。

「ならよかった。ほんばんも、そうするわ」

メリーメリーは、居間《いま》へいって、とびらからあたまだけをだすと、きょうだいたちにいいました。

「モペットはね、あたしのにっこりは、はみがきこのポスターの女《おんな》の人《ひと》みたいって、いってくれたんだから！」

そして、きょうだいたちに、なにかいわれるまえに、バタンと、とびらをしめて、庭《にわ》へあそびにいってしまいました。


つぎの日《ひ》になりました。みんなは、いつでもしゃしんやさんへいけるよう、すっかり身《み》じたくをととのえました。くつをピカピカにみがき、つめをきれいにあらって、かみをくしで、よくとかしたのです。それをみた、おかあさんはいいました。

「みんながそろって、ちゃんときれいにしてるなんて、はじめてみたわ」

しゃしんやさんにつくと、金色《きんいろ》のかみをした女《おんな》の人《ひと》が、とてもうれしそうなえがおで、みんなをむかえてくれました。そして、そのまま、お店《みせ》のおくへあんないしてくれました。そこには、ふかふかのカーペットがしいてあり、へやのすみに、三《さん》きゃくつきの大《おお》きなカメラが、おいてありました。

メリーメリーは、その女《おんな》の人《ひと》の、きれいな金色《きんいろ》のかみが気《き》にいりました。でも、にっこりするのは、しゃしんをとるときまで、とっておこうとおもいました。もしかすると、にっこりは、二《に》かいもできないかもしれませんから。

女《おんな》の人《ひと》は、カメラのうしろにいすをよういして、おかあさんにすすめました。

そして、子《こ》どもたちにえがおをむけたまま、おかあさんにききました。

「どのようにとりましょうか？　みんないっしょですか？　それともおひとりずつ？」

「いっしょでおねがいします。よこ一《いち》れつにならぶのがいいと、おもうんですけど」と、おかあさんはこたえました。

「わかりました。とってもすてきなしゃしんになりますね」

そこで、ミリアム、マーチン、マービン、メグ、メリーメリーは、一《いち》れつにならびました。女《おんな》の人《ひと》は、しゃしんをとるために、まぶしいくらいあかるいライトをつけました。それから、ずっとえがおのまま、あっちで立《た》ったり、こっちでしゃがんだりと、いろいろなかくどから、五人《ごにん》をながめました。

「うん、これがいいわ」女《おんな》の人《ひと》は、いいました。「さ、みんな、そのままじっとしていられるかしら?」

女《おんな》の人《ひと》は、カメラのうしろにまわりました。

メリーメリーは、れんしゅうのせいかをみせるのはいまだ、とおもって、にっこりしました。そして、みんなもにっこりしているかなと、かおはうごかさず、目《め》だけで、みんなをみてみました。すると、ミリアムもマーチンもマービンもメグも、みんなこっちをみているではありませんか。

ミリアムは、目《め》を大《おお》きくひらいて、メリーメリーにむかって、くびをよこにふっています。マーチンは、まゆをひそめ、マービンは、くちびるをとんがらせ、

「みんな、そのままじっとしていられるかしら？」

メグは、おこったかおをしていました。

みんなが一《いち》れつになって、なにもいわずに、へんなかおでこっちをみているのです。なんておかしいのでしょう。メリーメリーは、おもわず大声《おおごえ》でわらってしまいました。

「はい、いいわよー」女《おんな》の人《ひと》が、カメラのうしろでいいました。「じゃあ、もう一《いっ》かいね。いい？」

それをきいて、みんなはびっくりしました。メリーメリーもびっくりしてきました。

「え？　もう一《いっ》かい？」

「そう。もう一《いち》まいとるってことよ」と、女《おんな》の人《ひと》はいいました。「いま、一《いち》まいとったの。でも、だれかが、ちょっとうごいちゃったみたいだから、もう一《いっ》かい。さ、いい？」

みんながーれつになって、へんなかおでこっちをみています。

そこでメリーメリーは、もう一《いち》どにっこりしました。

すると、ミリアムがマーチンにささやきました。

「へんなかおは、やめなさいっていって」

マーチンは、マービンにささやきました。

「へんなかおは、やめろっていえ」

マービンは、メグにささやきました。

「へんなかおは、やめろっていえ」

メグは、メリーメリーにささやきました。

「へんなかおは、やめろっていって」

メリーメリーは、そういわれて女《おんな》の人《ひと》をみました。女《おんな》の人《ひと》は、まえかがみになって、りょう目《め》をほそめながら、ファインダーごしにみんなをみています。

メリーメリーは、メグにささやきかえしました。

「いやよ。しゃしんをとるときは、きっと、ああいうかおになっちゃうのよ。気《き》になるなら、じぶんでいって」

すると、四人《よにん》は、声《こえ》をおさえて、いっせいにいいました。

「ちがう、メリーメリーのこと！　そのかお、やめて！」

「なんだ。しゃしんやさんのことかとおもった！」メリーメリーはそういうと、また大声《おおごえ》でわらってしまいました。

「はい、どうもありがとう」そのとき、女《おんな》の人《ひと》がいいました。「きっと、うまくとれてるとおもうわ」

さつえいがおわって、みんながコートやぼうしを身《み》につけているあいだ、おかあさんは、しゃしんやさんと、しゃしんができあがるじきや、おくりさきについてはなしていました。それがすむと、みんなはうちへかえりました。

かえりみち、ミリアムがおかあさんにいいました。

「きょうのしゃしん、ぜったいメリーメリーがだいなしにした。メリーメリーったら、へんなかおして、大声《おおごえ》でわらってたもの」

「そうかしら。わたしは、いいしゃしんがとれたとおもうわ」と、おかあさんはいいました。「まあ、まちましょ。きっとみんな、よくうつってて、おどろくわ」


一《いっ》しゅうかんご、トントンと、げんかんのドアをたたく音《おと》がしました。ゆうびんやさんが、おかあさんあての大《おお》きくてかたいふうとうを、とどけにきたのです。

「あっ、きっと、わたしたちのしゃしんよ！」と、ミリアムがさけびました。

「あけようよ」と、マーチン。

「だめだよ。おかあさんにわたさなきゃ」と、マービン。

「はやくみたい」と、メグ。

「あたしも」と、メリーメリーもいいました。

みんなは、おかあさんをとりかこみ、おかあさんが、ふうとうをあけました。

そして、つぎのしゅんかん、子《こ》どもたちは、「わぁ！」という、おどろきの声《こえ》をあげ、おかあさんは、「まあ！」といって、わらいだしました。子《こ》どもたちは、まるでじぶんの目《め》がしんじられない、といったかおで、しゃしんをみつめました。

そのしゃしんには、一《いち》れつにならんだ、きょうだいたちがうつっていたのですが、ミリアムは、目《め》を大《おお》きくひらいていて、マーチンは、まゆをひそめていて、マービンは、くちびるをとんがらせていて、メグは、おこったかおをしていたのです。そして、四《よ》人《にん》とも、メリーメリーをみつめていました。メリーメリーはというと、れつのはじっこで、しぜんなえがおで、たのしそうにうつっていたのです。

「やだ！　ひどいかお！」と、ミリアムがいいました。

「なんだい、ぼくのかお！」と、マーチン。

「ぼくもみてよ！」と、マービン。

「このかお、さいあく！」と、メグもいいました。

おかあさんは、りょう手《て》でしゃしんをもちあげてながめると、にっこりほほえみました。

「でも、メリーメリーはいいかおしてる」と、おかあさんはいいました。「メリーメリーが、こんないいえがおをしてるしゃしんなんて、いままでなかったんじゃないかしら。わたし、こんなしゃしんを友《とも》だちにみせたかったのよ」

すると、ミリアムとマーチンとマービンとメグが、いっせいにいいました。

「やだ！　だれにもみせないで！」

「こんなひどいかお！」

「きっとわらわれちゃうよ！」

「メリーメリーだけずるい！」

「はいはい、わかったわ。だれにもみせない」と、おかあさんはいいました。

「じゃあ、メリーメリーのところだけきりぬくわ。あなたたち四人《よにん》は、またこんど、とりなおしましょ」

　というわけで、おかあさんは、たのしそうにわらっている、メリーメリーだけをきりぬいて、それにあうしゃしん立《た》てをさがしました。ぴったりだったのは、ミリアムとマーチンが、あかちゃんだったころのしゃしんをいれていた、銀色《ぎんいろ》のしゃしん立《た》てでした。

「このしゃしんは、アルバムにもどしておきましょう」おかあさんはそういって、ふたりのあかちゃんだったころのしゃしんを、銀色《ぎんいろ》のしゃしん立《た》てからとりだすと、かわりにメリーメリーのしゃしんをいれました。

きりぬいてのこった四人《よにん》のしゃしんは、おとうさんいがい、だれにもみせないというやくそくで、つくえのひきだしに、ひっそりとしまわれました。それからなん日《にち》かして、おかあさんは、ミリアムとマーチンとマービンとメグをつれて、またしゃしんやさんへいきました。

それからというもの、うちにやってきたおかあさんの友《とも》だちは、居間《いま》で、二《に》まいのしゃしんをみることになりました。

一《いち》まいは、ミリアムとマーチンとマービンとメグが、一《いち》れつにならんだしゃしんで、みんな、どことなく、きんちょうしたえがおをしていました。まるで、へんなかおだけはしないようにと、気《き》をつけているかのようです。

もう一《いち》まいは、銀色《ぎんいろ》のしゃしん立《た》てにはいった、メリーメリーのしゃしんで、メリーメリーは、しぜんなえがおで、たのしそうにわらっていたのでした。

♫こうして、メリーメリーは、きねんしゃしんをだいなしにはしませんでしたし、ひとりだけ、しゃしん立《た》てにいれてもらえたんですって。これで、このおはなしは、おしまいです。

2 メリーメリーへんしんする

ある日《ひ》、メリーメリーは、たいくつでした。おねえちゃんやおにいちゃんたちは、それぞれ、本《ほん》をよんだり、絵《え》をかいたり、ぬいものをしたりしていたのですが、メリーメリーだけが、することがなかったのです。

メリーメリーは、みんなにはなしかけたり、みんなのまえでとんだりはねたりしたり、へんなかおをしたりしたのですが、みんなから、「やめて、メリーメリー。じゃま！」と、いわれただけでした。

そこでメリーメリーは、じゃまするの

「そしたらまた、そろそろマフィンさんがくるころかしらね……」

をやめて、かわりに大《おお》きな声《こえ》で、ひとりごとをいいました。

「そしたらまた、そろそろマフィンさんがくるころかしらね……」

するとそれをきいたみんなは、「えーっ」と、ひくい声《こえ》をだしました。それがどういうことだか、わかっていたからです。

それはつまり、メリーメリーがおかあさんの古着《ふるぎ》をきて、マフィンさんというごふじんになり、そとからげんかんのドアをノックして、お茶《ちゃ》をしにたずねてくる、ということなのです。

マフィンさんがたずねてきたら、うちにはいってもらい、れいぎ正《ただ》しくして、マフィンさんをまるでほんもののおきゃくさまのように、もてなさなくてはならないのです。もし、そうしなかったら、マフィンさんは、家《いえ》のまえの通《とお》りをいったりきたりしながら、「このうちの人《ひと》たちは、おきゃくさんにたいして、とってもしつれいなのよー！」と、さけんでまわるのです。そんなことをされては、はずかしくてかなわないと、きょうだいたちは、人《ひと》があつまってくるまえに、いそいでそとへとびだし、マフィンさんを家《いえ》へまねきいれるのでした。

さいしょに、メリーメリーがマフィンさんになったときは、大《だい》せいこうでした。げんかんのドアをノックして、「こんにちは、マフィンですけど」と、メリーメリーがいうと、家《いえ》にいたおとうさんが、それがメリーメリーだとは気《き》づかず、とてもていねいに家《いえ》にいれてくれたのです。

それをみた、おねえちゃんやおにいちゃんたちは、「おとうさん、なにしてるの？　この人《ひと》がだれかってことぐらい、わかるじゃない」と、いいました。

するとおとうさんは、いかにもびっくりしたようすで、「おい、そんなしつれいな口《くち》のききかたは、よくないぞ。おまえたちきょうだいのあいだや、メリーメリーにたいしては、それでいいかもしれないが、マフィンさんは、おきゃくさまなんだぞ。おきゃくさまは、ていねいにもてなすものだよ」と、いいました。

もちろん、メリーメリーは、このあそびをたいへん気《き》にいりました。ミリアムとマーチンとマービンとメグは、メリーメリーが、毎日《まいにち》マフィンさんになりたがるのではないかと、しんぱいしました。でも、さいごにおとうさんが、マフィンさんをそろそろおくりかえすかのように、きっぱりといいました。

「マフィンさん、きょうはきてくれてうれしかったです。またおあいしましょう。といっても、それは、とうぶんさきのことでしょうけどね、もちろん」

すると、メリーメリーがいいました。

「え？　でもあたし、あしたも、またきたいわ」

すると、おとうさんは、シーッと、ひとさしゆびをくちびるにあてて、いいました。

「いいえ、いけません。もしあなたがほんもののマフィンさんなら、マフィンさんは、りっぱなごふじんですから、しっているはずです。ごふじんというものは、しょうたいされていなければ、めったやたらにお茶《ちゃ》にはこない、ということを」

「そうね、もちろん」メリーメリーは、ごふじんらしい声《こえ》でいいました。「あたし、ときどきおじゃまするわ。めったやたらには、こないとおもいますよ。それでは、たのしい時間《じかん》をありがとう。あなたのお子《こ》さんたち、とてもしんせつだったわ」

それからしばらくのあいだ、メリーメリーは、やくそくをまもって、ごくたまにしかマフィンさんになりませんでした。ところが、だんだん、そのかんかくがみじかくなってきて、しまいには、二日《ふつか》つづけて、マフィンさんがお茶《ちゃ》におしかけてきたことがありました。

その二日《ふつか》めの日《ひ》、ミリアムとマーチンとマービンとメグは、マフィンさんのかおのまえで、げんかんのドアをバタンと、しめてしまいました。マフィンさんが、家《いえ》のまえの通《とお》りでわめきたてるようになったのは、そのときからだったのです。

それで、きょう、メリーメリーが、「そろそろまた、マフィンさんがくるころかしらね……」といったとき、みんなは、「えーっ」と、うめいたのです。

けれども、それをきいたおかあさんが、すぐにいいました。

「きょうは、おきゃくさんをおまねきできないわ。とってもいそがしいの。マフィンさんは、またべつの日《ひ》にきてもらいましょ」

「べつの日《ひ》って、いつ?」メリーメリーがききました。「あした?」

「たぶんね」おかあさんは、こたえました。「うちのいそがしさによるわ。あ、あしたもだめよ。ガーデンパーティーだった。わたし、ケーキをやいて、もっていかなくちゃならなかったんだ」

ガーデンパーティーとは、ストークスさんの家《いえ》の庭《にわ》で、きょうとあしたの二日《ふつか》間《かん》、ごごにひらかれるパーティーのことでした。ストークスさんの庭《にわ》は、とてもひろくて、もしてんきがよければ、庭《にわ》にいすやテーブルをだして、そとでお茶《ちゃ》がたのしめるのです。

「わたしも、ガーデンパーティーにいっていい?」と、ミリアムがききました。

「ええ、いいわ。あした、みんなでいきましょ」と、おかあさんはいいました。

「きょうはだめ?」ミリアムとマーチンとマービンとメグがききました。

「あしたっていったじゃない」おかあさんはそうこたえましたが、すぐにおもいなおしていいました。「あ、でも、そうね。きょう、いっちゃいけないってこともないわね。あなたたちだけでいける?」

ミリアムとマーチンとマービンとメグは、大《おお》よろこびしました。

「ねえ、メリーメリーもつれていかなきゃだめ?」と、四人《よにん》はききました。

「あなたたち四人《よにん》だけでいきなさい。メリーメリーは、わたしがあした、つれていくから」

おかあさんは、四人《よにん》それぞれに、入場料《にゅうじょうりょう》の三《さん》ペンスと、パーティー用《よう》のおこづかいとして、九《きゅう》ペンスをわたしました。

メリーメリーは、門《もん》のまえに立《た》って、みんながでかけるのをみおくりました。

四人《よにん》は、そんなメリーメリーをみて、ちょっとかわいそうだな、とおもいました。

「気《き》にしないで」みんなは声《こえ》をかけました。「マフィンさんは、またべつの日《ひ》にくるとおもうから」

「ええ、たぶんね」と、メリーメリーはこたえました。「でも、こないかもしれない。べつの日《ひ》じゃなくて、きょう、くるかもしれないし、こないかもしれない。マフィンさんのいそがしさによるわ」

みんなは、ちょっとびっくりしました。

「なによ、メリーメリーったら。さびしいふりをしてるだけなのね。いきましょ」と、ミリアムがいいました。

そして、みんなは、「じゃあね、メリーメリー」といって、手《て》をふりながらいってしまいました。

じつはそのとき、メリーメリーは、ずっとマフィンさんのことをかんがえていたのです。

「くるかもしれないし、こないかもしれない」メリーメリーは、ひとりごとをいいました。「そう、マフィンさんのいそがしさによるのよ。あっ、そうだ！

いいことおもいついた」

メリーメリーは、門《もん》の手《て》すりを電話《でんわ》にみたてて、ダイヤルをまわすふりをすると、かきねのえだをぐいっとひっぱって、受話器《じゅわき》のように耳《みみ》にあてました。そして、おとながいそいでだいじなことをつたえるときのように、早口《はやくち》でいいました。

「リリーン、リリーン。あ、もしもし、マフィンさん？　きょうは、おいそがしいかしら？」

「いいえ、しにそうなくらい、たいくつしてるの」

「あら、よかった。あのね、きょう、ストークスさんのお庭《にわ》でガーデンパーティーをやってるの、しってて？」

「まあ、ほんと？　おしえてくれてありがとう！　あたし、ちょうどガーデンパーティーにいきたいっていって、おもってたの。いままで一《いち》ども、いったことなかったから」

「それはよかった。では、また」

「よし、これできまり」メリーメリーは、電話《でんわ》をきっていいました。「マフィンさんは、きょう、くるわ。そうなるだろうって、おもってた」

メリーメリーは、いそいで二《に》かいへあがると、ベッドの下《した》のはこをひっぱりだして、マフィンさんのよれよれのぼうしと、むらさき色《いろ》の花《はな》がらのドレスをとりだしました。それから一《いっ》かいへもどって、げんかんのホールのかがみのまえできがえると、かがみのじぶんにこっくりとうなずいたり、はなしかけたりしました。

台所《だいどころ》にいるおかあさんが、オーブンからトレイをとりだす音《おと》がしました。つづけて、だれかが、勝手口《かってぐち》のドアをトントンと、ノックする音《おと》がきこえました。やってきたのは、ごきんじょのメリーさんでした。

「とおりかかったから、ちょっと立《た》ちよったの」という声《こえ》がしました。

「ついてるわ」メリーメリーは、よれよれのぼうしをかぶりながらいいました。

「メリーさんが立《た》ちよったということは、あたしは、立《た》ちされるってことよ。だって、メリーさんのちょっとって、すごくながいんだもの。そのあいだあたしがいなくても、だれもしんぱいしないわ。でも、もし、しんぱいしたときのために、ゆうびんうけにメモだけのこしておこう。ちょっとだけ、でかけますって。それからパーティーへいこう。うん、それがいい」

そして、メリーメリーは、こんなメモをかきました。

メリーメリーのおかあさまへ

ちょっとパーティーへでかけてきます。

マフィンより

メリーメリーは、メモをゆうびんうけにいれました。

さいごに、メリーメリーは、庭《にわ》へはしっていって、すなばから、おかあさんがずっとまえにつかっていた古《ふる》いハンドバッグをほりおこしました。メリーメリーは、いつもそこにうめているのです。家《いえ》のなかにおいておくと、みんなに、古《ふる》くてきたないといわれ、すてられそうになるからです。

メリーメリーは、ハンドバッグをあけ、なにがはいっているか、みてみました。ボタンがふたつと、わゴムがひとつと、たばこのあきばこだけです。

「まあ、いいわ」マフィンさんは、いいました。「お金《かね》がすべてじゃないもの」

メリーメリーは、バッグのがま口《ぐち》をパチンとしめると、ガーデンパーティーへでかけました。ころばないように、スカートのすそをたくしあげながら、ストークスさんの家《いえ》へはしっていくと、かべに大《おお》きなはり紙《がみ》がしてありました。メリーメリーは、立《た》ちどまってよみました。

ようこそ、ガーデンパーティーへ
売店《ばいてん》　だしもの　ストロベリーティー
どうぞ、おはいりください

「あら、ありがとう。そうさせていただくわ」マフィンさんはそういって、ぼうしをまっすぐかぶりなおすと、庭《にわ》にはいっていきました。

入《い》り口《ぐち》に、小《ちい》さなテーブルといすがあって、そこに入場料《にゅうじょうりょう》をあつめている女《おんな》の人《ひと》がすわっていました（入場料《にゅうじょうりょう》は、おとなが六《ろく》ペンスで、子《こ》どもが三《さん》ペンスでした）。

マフィンさんは、スカートのすそをたくしあげ、ひくくかがむと、ぜんそくりょくでテーブルのまえをかけぬけて、バラのアーチをくぐり、庭《にわ》へとびこんでいきました。すると、テーブルの女《おんな》の人《ひと》が、パッとかおをあげていいました。

メリーメリーは、立ちどまって、はり紙をよみました。

「あら、いまの小さくてかわった人は、だれかしら?」

「あら、いまの小《ちい》さくてかわった人《ひと》は、だれかしら?」

まわりにいた人《ひと》は、だれもしらなそうでした。

「あぁ、きっとだしものにでる子《こ》ね」

女《おんな》の人《ひと》はそういって、まわりのおとなから、六《ろく》ペンスをあつめつづけました。

そのころ、ミリアムとマーチンとマービンとメグは、それぞれじぶんたちの九《きゅう》ペンスをつかっていました。さいしょ、四人《よにん》は、三《さん》ペンスでアイスを買《か》いました(でも、すぐにたべてしまいました)。つぎに三《さん》ペンスでわなげをしました(でも、だれも賞品《しょうひん》をとれませんでした)。さいごの三《さん》ペンスで、くじ引《び》きをしました。

ミリアムは、ビー玉《だま》が二《に》こあたりました。

「こんなのがほしくて、やったんじゃないんだけど」と、ミリアムはいいました。

マーチンは、にんぎょう用《よう》のフォークとナイフがあたりました。

「こんなの、いらないよ」と、マーチンはいいました。

マービンは、プラスチックでできた、ピンクのヘアピンがあたりました。

「こんなの、つけるわけないし!」と、マービンはいいました。

メグは、おもちゃのピストルがあたりました。

「こんなのであそべない」と、メグはいいました。

「ちぇ、ついてないな」と、マーチンがいいました。「だったら、もう一《いっ》かい、アイスを買《か》えばよかった」

「ほんとにそうだね」と、ほかの三人《さんにん》もいいました。「まあいいか。これ、メリーメリーのおみやげにしよう」

四人《よにん》がぶらぶらしていると、喫茶《きっさ》コーナーにつきました。たくさんの人《ひと》が、大《おお》きな日《ひ》がさのあるテーブルで、ストロベリーティーをのんでいました。四人《よにん》は、それをうらやましそうにながめ、さいしょではなく、さいごにアイスクリームを買《か》って、ここでたべればよかったと、こうかいしました。

四人《よにん》が、もうそろそろ家《いえ》にかえろうかな、とおもったとき、メリーさんちの四《よ》人《にん》のきょうだいがやってきました。バーバラとビリーとバンティとボブです。四《よ》人《にん》は、たのしそうに、わらいながらあるいてきました。

「あ、ミリアム！」と、バーバラがいいました。「ねえ、どっかで〈白《しろ》いゾウ〉のお店《みせ》、みなかった？」

「え、なに？」と、ミリアムはききました。「ここで、白《しろ》いゾウをうってるの？」

「まさか、ちがうわよ。〈白《しろ》いゾウ〉って、いらなくなって、どうしたらいいか、わからないものってこと。不用品《ふようひん》セールの売店《ばいてん》の名《な》まえよ。うちでいらなくなったものをそこにもっていくと、だれかが買《か》ってくれるの」バーバラはそういってわらうと、ほかの三人《さんにん》もわらいました。

「なにがおかしいのよ」と、ミリアムがいいました。

「ちっともおかしくないし」と、マーチン。

「わらえることなんて、なにもない」と、マービン。

「そうよそうよ」と、メグもいいました。

「あなたたちも〈白《しろ》いゾウ〉にいってみたら？」バーバラがそういうと、メリーさんちの四人《よにん》は、わらいながらいってしまいました。

ミリアムは、お茶《ちゃ》がのみたくてたまりませんでした。マーチンは、はらぺこでしたし、マービンは、のどがカラカラ、メグは、もうくたくたでした。

そこへ喫茶《きっさ》コーナーから、だれかが、こばしりでちかづいてきました。それは、ストークスさんでした。

「みんな、こんにちは！」と、ストークスさんはいいました。「おかあさんは、げんき？　ずいぶんあってないわ。あら？　もうひとり、あかちゃんのおとうとかいもうとがいなかった？」

「いもうとです」と、ミリアムがこたえました。

「もう、あかちゃんではありません」と、マーチン。

「おかあさんと家《いえ》にいます」と、マービン。

「ふたりは、あしたきます」と、メグもいいました。

「あら、そうなの。じゃあ、あした、あえるのがたのしみね」と、ストークスさんはいいました。「ねえ、それより、ちょっとうちの売店《ばいてん》をみていかない？〈白《しろ》いゾウ〉って名《な》まえなんだけど、けっこうにぎわってるの。すばらしいおてつだいさんがきてくれたのよ」

ストークスさんは、四人《よにん》を庭《にわ》のおくへつれていきました。そこの売店《ばいてん》のひとつに、人《ひと》だかりができていました。ちかづいていくと、おきゃくさんたちのわらい声《ごえ》がきこえます。するとそのとき、マーチンがさけびました。

「おい、あれ、みろよ！」

おきゃくさんたちのあたまごしに、おかしなかっこうの人《ひと》が、台《だい》の上《うえ》に立《た》っているのがみえます。せたけは、小《ちい》さな子《こ》どもくらいで、よれよれのぼうしをかぶり、むらさき色《いろ》の花《はな》がらのドレスをきていました。

「あっ！　あれって、メリーメ……」ミリアムがそういいかけたとき、ストークスさんがいいました。

「あれは、マフィンさんよ。小《ちい》さなごふじん。マフィンさんのこと、しってるの？」

「あ、ええ。ちょっと……」ミリアムとマーチンとマービンとメグは、ぼそりといいました。「まえにあったことがあって……」

「そうなのね。じゃあ、ぜひ、あっていってちょうだい。マフィンさんのおかげで、うちは、大《だい》せいきょうなの。マフィンさんがてつだいはじめてから、もうほとんどのものが、うれてしまったのよ。きっかけがおもしろかったの。はじめ、あの子《こ》に、『あたしはマフィンです』っていわれて、そんな名《な》まえのしりあいがいたかしらって、ちょっとしんぱいになったの。だって、ここにひとりでくるには、小《ちい》さすぎるとおもったから。でも、『たまたまとおりかかったから、ちょっと立《た》ちよっただけです』っていうし、あと、『ここに、じぶんのおねえちゃんやおにいちゃんがきてますから』っていうから、じゃあ、だいじょうぶそうねっておもったの。そしたら、まあ、あっというまに、うちの売店《ばいてん》のかんばんむすめになっちゃったのよ」

ストークスさんは、四人《よにん》をつれて、おきゃくさんのなかをかきわけていこうとしましたが、なかなかまえにすすめませんでした。たくさんのおきゃくさんが、古《ふる》いランプシェードやら、がくぶちやら、せとものやらをうでにかかえて、あっちこっちと、ゆきかっていたからです。古《ふる》いうばぐるまのなかに、しょっきやぼうしやフライパンなどを、山《やま》のようにつんでおしている男《おとこ》の人《ひと》もいました。

「いまの、みた？」ストークスさんは、四人《よにん》にいいました。「あれぜんぶ、うちの〈白《しろ》いゾウ〉でうれたものよ！」

ようやくまえのほうへちかづくと、マフィンさんのすがたがよくみえるようになりました。マフィンさんは、台《だい》の上《うえ》でつくりものの花《はな》たばをふっていました。

「さあさあ、こちら、たったの三《さん》ペンス！」マフィンさんが、かんだかい声《こえ》でさけんでいます。「この大《おお》きな花《はな》たば、だれか三《さん》ペンスでいかがですか？」

「そいつは、なんにつかえるね？」いちばんまえにいた、おじさんがききました。

「そうね、まず一本《いっぽん》は、ふくのボタンあなにさして、あとは、あなたのすきな女《おんな》の人《ひと》にプレゼントしたらどうかしら？」と、マフィンさんはこたえました。

「それと、だれか、この水《みず》さしとボウルを買《か》ってくれませんか？」マフィンさんは、大《おお》きなボウルのなかにおかれていた、白《しろ》い水《みず》さしをもちあげていいました。

「この大《おお》きくてすてきな水《みず》さし、いかがですか？」

「そいつは、どうやってつかうんだい？」またさっきのおじさんがききました。

マフィンさんは、水《みず》さしをみていいました。

「そうね、牛乳《ぎゅうにゅう》をいれるには大《おお》きいわ。でもこれ、花《か》びんになる。とってがついてるから、かんたんに水《みず》がいれられますよ」

「そいつは、なんにつかえるね？」いちばんまえにいた、おじさんがききました。

マフィンさんは、つくりものの花《はな》たばを水《みず》さしのなかにいれました。

「ほらこのとおり。いっしょにかえば、とってもかわいいわ」

「じゃあ、そっちの大《おお》きなボウルは？」と、おじさんがききました。

「これには、おもちゃのボートをうかべたらどうかしら？　男《おとこ》の人《ひと》だったらね。女《おんな》の人《ひと》だったら、プディングがつくれるわ。とってもべんりなボウルよ。おじさんなら、どっちにでもつかえるんじゃない？」

「しかし、うちには、おもちゃのボートがありませんでなぁ」おじさんは、にこにこしながらいいました。「それに、うちのつまは、プディング用《よう》のボウルを、もうもっておりますし。どうしたらいいでしょう？」

マフィンさんは、ぐっとかんがえこみました。そして、パッと、かおをかがやかせました。

「そうだ！　おくさんのプディング用《よう》のボウルを、このボウルのなかで、あらえばいいのよ！」

おきゃくさんたちが、どっとわらいました。たしかに、そうするのにぴったりの大《おお》きさにみえたからです。おじさんがいいました。

「わかった。きみのかちだ」

おじさんは、マフィンさんに、つくりものの花《はな》たばと、白《しろ》い水《みず》さしと、大《おお》きなボウルのぶんのお金《かね》をわたしました。そして、花《はな》たばのひとつをじぶんのふくのボタンあなにさすと、のこりのたばをマフィンさんにさしだしました。

「さしあげます。どうぞうけとってください」おじさんはそういうと、白《しろ》い水《みず》さしと大《おお》きなボウルをかかえて、いってしまいました。

「ほんと、すばらしい！」と、ストークスさんがいいました。「あれがうれるなんて、おもってもなかった」

ストークスさんは、さらに人《ひと》をおしのけて、まえにいきました。

「マフィンさん」と、ストークスさんはいいました。「あなたのお友《とも》だちをつれてきましたよ。ちょっとおりてきて、あってくれません? もう、うるものは、ほとんどのこっていませんし。もし、お友《とも》だちとお茶《ちゃ》をのむなら、わたしがみんなのぶんのチケットをさしあげますわ」

マフィンさんが台《だい》からおりると、ストークスさんは、「すばらしいおてつだいを、ほんとうにありがとう」といって、ほそながいピンクの紙《かみ》をとりだしました。「五人《ごにん》ぶんのお茶《ちゃ》のチケットよ。喫茶《きっさ》コーナーでつかえるわ。お友《とも》だちと、ストロベリーティーでもめしあがってね」

こうして、ミリアムとマーチンとマービンとメグは、マフィンさんといっしょに、喫茶《きっさ》コーナーの、大《おお》きなしまもようの日《ひ》がさの下《した》にすわることができました。そして、ストロベリーティーと、バターとジャムのついたパン、それから小《ちい》さなケーキもたべることができました。

メリーメリーは、べとべとしたゆびをむらさき色《いろ》の花《はな》がらのドレスでふき、よれよれのぼうしの下《した》で、みんなにこっくりうなずいてみせると、いいました。

「これでわかったでしょ? マフィンさんは、ときどきとってもやくに立《た》つってことが。だからこれからも、マフィンさんがきたら、いつでもていねいに、もてなさなくちゃだめよ」


♫こうして、メリーメリーと、おねえちゃんとおにいちゃんたちは、ガーデンパーティーで、ストロベリーティーをのむことができました。そして、きょうだいたちは、マフィンさんに、こころからかんしゃしたんですって。これで、このおはなしは、おしまいです。

3

メリーメリーと雪男《ゆきおとこ》

ある日《ひ》、メリーメリーが目《め》をさますと、そとは、いちめん、銀世界《ぎんせかい》でした。よるのあいだに雪《ゆき》がふったのです。ここ二《に》、三日《さんにち》、雪《ゆき》はふっていましたが、すぐに人《ひと》にふまれて、きたない雪《ゆき》しかのこっていませんでした。ところがけさは、どこもかしこも、まっ白《しろ》なあたらしい雪《ゆき》でおおわれていて、とてもきれいでした。

メリーメリーは、あさごはんのまえにそとにでて、だれよりもはやく、あたらしい雪《ゆき》に足《あし》あとをつけてみよう、とおもいつきました。そこで、しずかにすばや

くきがえると、コートをはおり、そっと一《いっ》かいへおりていきました。げんかんにくると、おとうさんの長《なが》ぐつをみつけました。

「ちょうどいいのがあった」と、メリーメリーはいいました。「これをはいてあるけば、雪男《ゆきおとこ》になれるわ」

メリーメリーは、おとうさんの長《なが》ぐつに足《あし》をつっこむと庭《にわ》へでました。そして、庭《にわ》じゅうをあるきまわりましたが、さいごまで、だれにもみられませんでした。

あさごはんのときのわだいは、つもったばかりの雪《ゆき》のことで、もちきりでした。

「庭《にわ》を四《よっ》つにわけましょうよ」と、ミリアムがいいました。「それで、それぞれじぶんのばしょの雪《ゆき》であそぶの。わたしは、雪《ゆき》のおしろをつくるわ」

「いいね。じゃあ、おれは、大《おお》きくて、まっ白《しろ》なうまをつくろう」と、マーチン。

「おれは、かまくら」と、マービン。

「わたしは、雪《ゆき》の女王《じょおう》をつくる」と、メグもいいました。

すると、メリーメリーもいいました。

「あたしは、みんなのより、もっといいものをつくるんだ。雪男《ゆきおとこ》よ」

すると、ミリアムがいいました。

「だめよ。庭《にわ》を五《いつ》つには、わけられないわ」

マーチンもいいました。

「そうだよ。おまえ、まえに雪玉《ゆきだま》とかつくって、雪《ゆき》をきたなくしたろ?」

マービンもいいました。

「おまえは、どこかすみっこか、まえ庭《にわ》であそべよ」

メグもいいました。

「そもそも、雪男《ゆきおとこ》なんていないんだからね」

「そんなことない、いる!」と、メリーメリーはいいました。

「いるわけない!」四人《よにん》はいっせいにいいかえしました。

メリーメリーは、四人《よにん》をじっとみつめたあと、おとなっぽい声《こえ》で、ゆっくりといいました。

「雪男《ゆきおとこ》はいるわ。あさ、うちの庭《にわ》にきてたもの」

「ばかばかしい!」と、みんなはいいました。「そんなはなし、しんじられない」

「モペットならしってるわ。ね、モペット?」と、メリーメリーはききました。

「うん、いるよ」メリーメリーは、モペットのキーキー声《ごえ》でこたえました。

「ばかみたい。あいてにするのやめよ」みんなはそういって、コートをはおり、長《なが》ぐつをはくと、庭《にわ》へでていきました。

メリーメリーは、おかあさんと台所《だいどころ》にのこって、テーブルのスプーンやフォークを、ながしにはこぶのをてつだいました。するとすぐ、マーチンが勝手口《かってぐち》からもどってきていいました。

「おかあさん！　けさ、だれか庭《にわ》にでた？」

「いいえ。けさは、まだでてないわ」と、おかあさんはこたえました。

「おとうさんは？」

「ええ、おとうさんもよ。おとうさんは、あさはやくでかけたし、ほかにだれもきてないはずよ」

「雪男《ゆきおとこ》しかいないわ」と、メリーメリーはいいました。

「ばかいえ！」マーチンはそういって、またそとにでていきました。

すると、勝手口《かってぐち》のむこうで、四人《よにん》がこそこそはなしあっているのが、きこえました。

「きっと、どろぼうよ！」

「どこにいったか、つきとめよう！」

「メリーメリーは、こさせないほうがいい。しょうこを、めちゃくちゃにしちゃうから」

「はやく足《あし》あとをおってみましょうよ」

それから四人《よにん》は、庭《にわ》へそっとふみだしました。メリーメリーは、いすにのぼって、台所《だいどころ》のまどからみていました。ミリアム、マーチン、マービン、メグが一《いち》れつになって、メリーメリーがつけた大《おお》きな足《あし》あとを、ひとつひとつ、ようじんぶかくふみながらあるいていきます。メリーメリーは、それをみて、おもわずわらってしまいました。まるで四人《よにん》が、隊長《たいちょう》ごっこをしているようにみえたからです。

大きな足あとを、
ひとつひとつ、ようじんぶかくふみながらあるいています。

「メリーメリーは、そとであそばないの？」と、おかあさんがききました。

そこでメリーメリーも、コートをはおり、長《なが》ぐつをはきました。そして、ちょうど勝手《かって》口《ぐち》からでようとしたとき、四《よ》人《にん》がもどってきました。四《よ》人《にん》は、戸《と》口《ぐち》で一《いち》れつにならび、なっとくいかないようなかおをしていました。

「おかあさんに、ほうこくしておいたほうがいいことがあるんだけど」と、ミリアムがいいました。「だれかが、うちの庭《にわ》をあるいたみたいなの。で、それはきっと、どろぼうだとおもうの」

「ええ!?」おかあさんは、おどろきました。「まあ、どうして?」

「それって、どろぼうじゃないわ」と、メリーメリーがいいました。「それはね……」

「メリーメリーは、うるさい!」四人《よにん》は、ぴしゃりといいました。

「庭《にわ》の雪《ゆき》にね、足《あし》あとがあったんだ」と、マーチンがいいました。

「まあ! だれのかしら?」と、おかあさんはいいました。

「雪男《ゆきおとこ》よ」と、メリーメリーがいいました。「むかーし、むかし、あるところに、ものすごく大《おお》きな雪男《ゆきおとこ》がすんでいました。その雪男《ゆきおとこ》は……」

「うるさいったら!」と、四人《よにん》はまたいいました。

「それでね、すごく大《おお》きな長《なが》ぐつをはいてたみたいなの」と、ミリアムがいうと、

「ああ、いま、そういおうとおもったのに」と、メリーメリーがいいました。

「ものおき小屋《ごや》に、はいったみたいなんだ」と、マーチンがいうと、

「そう。雪男《ゆきおとこ》は、ものおき小屋《ごや》へはいったのよ」と、メリーメリーがいいました。

「それで、ものおき小屋《ごや》からでてきて」と、マービンがいうと、

「そうそう。雪男《ゆきおとこ》は、ものおき小屋《ごや》からでてきて……」と、メリーメリーがいいました。

「さいごに庭《にわ》じゅうを、ぐるぐるあるきまわったみたいなの」と、メグがいうと、

「そうよ。雪男《ゆきおとこ》は庭《にわ》じゅうをぐるぐる……」

「メリーメリー！　うるさいってば！」と、四人《よにん》はさけびました。

「ちょっと、そんなふうにどならないでちょうだい」と、おかあさんがいいました。「いいたいことがあるなら、メリーメリーにも、いわせてやりましょうよ。

さ、メリーメリー。なあに？」

「あのね」メリーメリーは、いいました。「むかーし、むかし、あるところに、ものすごく大《おお》きな雪男《ゆきおとこ》がすんでいました……」

「それは、もうきいた」と、ミリアムがいいました。

「雪男《ゆきおとこ》は、あるあさはやく、庭《にわ》にきて……」

「うちの庭《にわ》じゃないけどな」と、マーチンがいいました。

「庭《にわ》のまんなかにすわりました……」

「しんじられるか！」と、マービンもいいました。

「そして、雪《ゆき》をたべました。あさごはんです……」

「そんなはなし、きいたことない」と、メグもいいました。

「だめ、じゃましちゃ」と、おかあさんがいいました。「つづけて、メリーメリー」

でも、メリーメリーは、なんども口《くち》をはさまれたことにはらをたて、それからあとは、大《おお》きな声《こえ》で、一気《いっき》にしゃべりました。

「そこに、四人《よにん》の、とってもおばかな子《こ》どもたち、いろんなことをぜんぶわかったつもりでいるおばかな子《こ》どもたちが、庭《にわ》にやってきました。四人《よにん》は、なんだかふきげんそうで、ぶつぶついっていました。四人《よにん》の名《な》まえは、ぶつぶつ、もぐもぐ、ぶーぶー、くちゃくちゃっていって、雪男《ゆきおとこ》は、四人《よにん》が庭《にわ》をうろうろしているのをみて……」

「うるさい！　もうこっちのことは、ほっといて！　メリーメリーは、まえ庭《にわ》であそんでろ！」と、四人《よにん》はさけびました。

「いいわ。そうする」と、メリーメリーはいいました。「足《あし》あとのことをしりたいんだとおもったのに。しりたくないなら、もうおしえない」

メリーメリーは、ツンとすまして、いってしまいました。

まえ庭《にわ》につもった雪《ゆき》は、きれいで、こんもりとしていました。門《もん》につづく小道《こみち》いがいは、まだだれもふみあらしていません。メリーメリーは、ほんものの雪《ゆき》男《おとこ》をつくろう、とおもいつきました。それも、居間《いま》のまどのまんまえに。

「そしたらみんな、まどからそれをみて、いやでも雪男《ゆきおとこ》のことをしんじるわ」

と、メリーメリーはつぶやきました。

メリーメリーは、大《おお》きな雪《ゆき》のかたまりをまどの下《した》でつくりはじめました。いっしょけんめい雪《ゆき》をころがしていると、門《もん》のところに、ゆうびんやさんがきました。

「おや、おはよう」ゆうびんやさんは、いいました。「なにをつくってるのかな?」

「雪男《ゆきおとこ》よ。てつだってくれる?」

「ごめんよ、しごとちゅうだからね」

そういいながらも、ゆうびんやさんは、メリーメリーに、大《おお》きな雪《ゆき》だまは、こうやってころがしてつくるんだよとか、できた雪《ゆき》だまをこうやってつみあげていくんだよとか、いろいろとやってくれました。おかげで雪男《ゆきおとこ》は、あっというまに、まど台《だい》のたかさにまでなりました。

「さ、もういかなくては」と、ゆうびんやさんはいいました。「でもこれで、雪《ゆき》男《おとこ》のからだは、だいぶできたね」

「てつだってくれて、ありがとう。もし、こんど、あたしがひまだったら、手《て》紙《がみ》をくばるの、てつだってあげる」

「りょうかいした。いつでもまってるよ。雪《ゆき》は、そうしょっちゅう、つもらんだろうからな」ゆうびんやさんはそういうと、わらいながらいってしまいました。

つぎに門《もん》のところへやってきたのは、牛乳《ぎゅうにゅう》はいたつの男《おとこ》の子《こ》でした。男《おとこ》の子《こ》は、大《おお》きな雪《ゆき》のかたまりをみて、ピュウと口《くち》ぶえをならしていいました。

「なにつくってるんだい？　雪《ゆき》だるま？」

「雪男《ゆきおとこ》よ」

「だったら、もっとおっきくしなきゃな」

「そうするつもり。ねえ、大《おお》きくするの、てつだってくれる？」

「え？　おれが？　だめだよ。いま、しごとしてるんだから」

そういいながらも、牛乳《ぎゅうにゅう》はいたつの男《おとこ》の子《こ》は、うわぎのそでをまくり、大《おお》きな雪《ゆき》だまをつくって、雪男《ゆきおとこ》のからだにつみあげてくれました。おかげで雪男《ゆきおとこ》は、まどのはんぶんのたかさにまでなりました。

牛乳《ぎゅうにゅう》はいたつの男《おとこ》の子《こ》は、うしろにさがって、雪男《ゆきおとこ》をながめながら、手《て》やふくについた雪《ゆき》をはらいおとすと、大《おお》きな赤《あか》いハンカチでかおをふきました。

「これでさっきよりは、ましになったろ。さあ、もういかなくちゃ」と、牛乳《ぎゅうにゅう》はいたつの男《おとこ》の子《こ》はいいました。

「てつだってくれて、ありがとう。もし、こんど、あたしがひまだったら、牛《ぎゅう》乳《にゅう》はいたつをてつだってあげる」

「ありがとさん。いつでもまってるよ」牛乳《ぎゅうにゅう》はいたつの男《おとこ》の子《こ》はそういうと、牛乳《ぎゅうにゅう》びんをつんだ荷馬車《にばしゃ》をおいかけて、いってしまいました。

メリーメリーは、雪男《ゆきおとこ》をみつめました。これでたかさは、じゅうぶんです。のこるは、かんじんのあたまですが、でも、メリーメリーには、たかすぎてのせることができません。まど台《だい》にすらのぼれないのですから。とにかくいまは、あたまをべつにつくって、できあがったら、だれかにのせてもらおう、とかんがえました。

メリーメリーは、門《もん》のちかくで、雪《ゆき》だまをころがして大《おお》きくすると、パンパンとたたいて、ひょうめんをなめらかにしました。それから、小石《こいし》をふたつひろってきて、それを雪男《ゆきおとこ》の目《め》にすると、こんどは、かおのまんなかを雪《ゆき》でこんもりさせて、鼻《はな》にしました。そして、いけがきの小《こ》えだを口《くち》にすると、にっこりしたかおになりました。

メリーメリーは、「ふふふ」とわらって、じぶんの毛糸《けいと》のぼうしを雪男《ゆきおとこ》のあたまにのせました。つぎに、葉《は》っぱがついている、いけがきのえだをいっぱいとってきて、毛糸《けいと》のぼうしのまわりにつきさし、かみの毛《け》にしました。ついでにそのうちの二本《にほん》を目《め》の上《うえ》につけてみると、まゆげとしてぴったりでした。

そこへ一台《いちだい》の車《くるま》が、家《いえ》のまえにとまりました。それは、クリーニングやさんの車《くるま》でした。クリーニングやさんは、車《くるま》からおりると、おむかいの家《いえ》にいき、大《おお》きなはこをかかえてもどってきました。

クリーニングやさんは、大《おお》きな雪《ゆき》だまのまえにすわっているメリーメリーと目《め》があうと、にっこりほほえみました。そして、メリーメリーの家《いえ》のへいの上《うえ》に大《おお》きなはこをのせ、小《ちい》さなノートをとりだすと、耳《みみ》にひっかけたえんぴつで、お金《かね》のけいさんをはじめました。

「ごめんなさい。雪男のあたまがじゃまでしょ？」

「ごめんなさい。雪男《ゆきおとこ》のあたまがじゃまでしょ？」と、メリーメリーはききました。

「なにも。へいきさ」と、クリーニングやさんはいいました。

「あそこに、からだがあるの」メリーメリーは、そういってゆびさしました。

「そいつは、いいね」クリーニングやさんは、そういいながら、けいさんをつづけました。

「あたまって、ふつう、から

だにのっかってるものでしょう?」と、メリーメリーはいいました。「こんなところにあったら、いつ、だれに、けとばされるか、雪男《ゆきおとこ》もしんぱいだとおもうの」

「たしかに、そうだね」クリーニングやさんは、なおもいそがしそうに、えんぴつをはしらせていました。

「あたまとかからだって、ちゃんとくっついてたほうがいいわよね?」

「うん、そりゃそうだ」

「だから、そうしてくれたら、とてもうれしいんだけど」

クリーニングやさんは、ノートをピシャンととじ、えんぴつを耳《みみ》の上《うえ》にひっかけると、大《おお》きなはこをもちあげました。

「どうか、おねがいできないでしょうか?」メリーメリーは、ていねいにそういうと、立《た》ちあがって、雪《ゆき》だまのまえにまわりこみました。

「ん?」と、クリーニングやさんはいいました。「わたしに、なにをしてほしいのかな?」

「このあたまを、からだにのっけてくれませんか?」と、メリーメリーはいいました。「雪男《ゆきおとこ》は、じぶんじゃあたまをのせられないし、あたしには、たかくてとどかないの」

「あぁ、そういうことか!」クリーニングやさんは、わらっていいました。「おやすいごようだ。かおはどっちにむける?」

「家《いえ》のほうにむけて」と、メリーメリーはいいました。「雪男《ゆきおとこ》で、おねえちゃんやおにいちゃんたちを、ほんのちょっぴり、おどろかせたいの。だって、みんな、雪男《ゆきおとこ》がいるってことを、しんじてくれないんだもの」

クリーニングやさんは、雪《ゆき》だまのはんたいがわにまわりこんで、雪男《ゆきおとこ》のかおをみました。

「おお、こりゃいいかおだ」と、クリーニングやさんはいいました。「でも、これじゃ、きょうだいたちをこわがらせることはできないだろうね。にっこりしてるから」

「そう？　あたしがそうしたの。小《こ》えだをつかったのよ」

クリーニングやさんは、雪男《ゆきおとこ》のあたまをそっともちあげると、からだにのせ、かおを居間《いま》のほうへむけてくれました。とちゅう、小石《こいし》の目《め》がひとつと、毛糸《けいと》のぼうしのまわりから、葉《は》っぱのかみの毛《け》がなん本《ぼん》かおちてしまいましたが、クリーニングやさんが、メリーメリーをだっこして、またもとのばしょにつけさせてくれました。

「てつだってくれて、ありがとう。こんど、あたしがふくをあらってあげる」

「いや、そいつはまにあってるよ」と、クリーニングやさんはいいました。「わたしは、はいたつがかりでね、せんたくするのは、べつのものがやるのさ」

クリーニングやさんは、車《くるま》にのって、いってしまいました。

ちょうどそのとき、家《いえ》のなかから、おかあさんのよぶ声《こえ》がきこえました。

「ホットチョコレートよ！　みんな、一《いっ》かい、もどってらっしゃい」

メリーメリーが家《いえ》にはいると、ミリアムとマーチンとマービンとメグも、勝手《かって》口《ぐち》のまえで、バンバンとじめんをふみ、長《なが》ぐつについた雪《ゆき》をおとして、つめたくなったゆびさきをハァハァあたためながら、はいってきました。

「どう、たのしかった？」おかあさんが、みんなにききました。

「まだおわってない」と、ミリアムがこたえました。「どろぼうさがしに、時間《じかん》がかかっちゃったから」

「だから、どろぼうなんていないって」と、メリーメリーがいいました。

「どうして？」と、みんながききました。

「だってあたし、あの足《あし》あとが、だれのだかしってるもん」

「ほんとか?」と、マーチンがききました。

「ええ、もちろん」

「じゃあ、だれ?」

「それはね、雪《ゆき》おと……」

「だから、もうききあきたよ。おまえの雪男《ゆきおとこ》のはなしは」マーチンが、とちゅうできっていいました。「そうじゃなくて、ほんとうは、だれなんだよ」

「あたしよ」

「うそおっしゃい。足《あし》あとは、とっても大《おお》きかったのよ!」と、ミリアムがいいました。

「そうよ。あたしが、おとうさんの長《なが》ぐつをはいて、庭《にわ》をあるいたの。だから、あたしが雪男《ゆきおとこ》ってわけ。それで庭《にわ》のまんなかにすわって、雪《ゆき》をたべたのよ」

「なんだ。じゃあ、さいしょからそういえよ!」と、マーチンがいいました。

「まあ、そうなの」と、おかあさんがいいました。「あなたたち四人《よにん》がいけないのよ。メリーメリーは、なんどもいおうとしたじゃない。人《ひと》のはなしは、さいごまできかなくちゃ」

「そうだけど、メリーメリーは、ずっと雪男《ゆきおとこ》のはなししか、しなかったもん。そもそも雪男《ゆきおとこ》なんて、いないんだから」と、四人《よにん》はいいました。

「いるわ」と、メリーメリーはいいました。「しんじないっていうんなら、居間《いま》にいってみてごらん」

「え!? 居間《いま》?」おかあさんが、びっくりしていいました。「メリーメリー。あなた、なにしたの? まさか居間《いま》に雪《ゆき》をもちこんだんじゃないでしょうね? ちょっと、ちょっと!」

おかあさんは、居間《いま》へはしっていきました。四人《よにん》もあとをおいました。おかあさんが、居間《いま》のとびらをあける音《おと》がしました。すると、そのとたん、おかあさんのわらい声《ごえ》がきこえてきました。つづいて、四人《よにん》のおどろく声《こえ》も。

「なにこれ！」

「これ、どうしたんだ？」

「でっかい！」

「きっと、だれかにてつだってもらったのよ！」

メリーメリーは、「ふふふ」とわらって、居間《いま》へはしっていきました。

居間《いま》のまどから、にっこりした小《こ》えだの口《くち》に、小石《こいし》でできた目《め》、毛糸《けいと》のぼうしのまわりに、葉《は》っぱのかみの毛《け》をはやした雪男《ゆきおとこ》が、かおをのぞかせていたのです。

メリーメリーは、それをみて、さっきよりも、もっとわらいました。だって、雪《ゆき》男《おとこ》は、ほんとうにすばらしいできばえでしたし、みんなをおどろかすことができたからです。

おかあさんが、おねえちゃんやおにいちゃんたちにいいました。

雪男が、まどからかおをのぞかせていたのです。

「あなたたち、メリーメリーの雪男《ゆきおとこ》が、うちの庭《にわ》でいちばんだって、みとめなきゃならないわね」

四人《よにん》は、たしかにそうだ、とおもいました。

メリーメリーは、とってもよろこんで、へやのなかをはしりまわりながら、九《きゅう》かいもでんぐりがえしをしました。

「ちぇ！　おまえの長《なが》ぐつ、ちっさいな」と、マーチンがいいました。

「なにそれ？」と、メリーメリーはききました。

「うぬぼれてるって、いみさ！」

「そんなことないわ。あの長《なが》ぐつ、すっごく大《おお》きかったもん！」


♫こうして、メリーメリーの家《いえ》のまえ庭《にわ》に、大《おお》きな雪男《ゆきおとこ》ができたんですって。これで、このおはなしは、おしまいです。

4

メリーメリーの大《おお》みそかし

ある日《ひ》、メリーメリーは、テーブルのいすにすわって、モペットにあさごはんをたべさせていました。モペットの鼻《はな》さきをお皿《さら》にのせ、コーンフレークをあげていたのです。するとそこへ、おねえちゃんやおにいちゃんたちの、会話《かいわ》がきこえてきました。

「メリーさんちのパーティー、たのしみね」と、ミリアムがいいました。「よるの十二時《じゅうにじ》半《はん》までやるんですって」

「やったぁ！」と、マーチン。

「たのしみ！」と、マービン。

「はやくいきたい！」と、メグもいいました。

「いままで、こんなおそくまでやるパーティーに、いったことないんじゃない？」と、ミリアムがいいました。「なんてったって、大《おお》みそかだもんね」

「そりゃそうさ！」と、マーチン。

「やっほー！」と、マービン。

「あぁ、まちどおしい！」と、メグもいいました。

メリーメリーは、そんなパーティーがあることをきいて、びっくりしました。

「それって、いつなの？」メリーメリーは、ききました。

「メリーメリーには、かんけいないの」と、ミリアムがこたえました。

「ぼくたちだけだから」と、マーチン。

「おまえは、よばれてないから」と、マービン。

「まだ小《ちい》さいからね」と、メグもいいました。

メリーメリーは、モペットの鼻《はな》さきを、コーンフレークにもっとちかづけただけで、なにもいいかえしませんでした。

「気《き》にしちゃだめよ」と、ミリアムがいいました。

「大《おお》きくなるまでまってな」と、マーチン。

「そしたら、いっしょにいけるから」と、マービン。

「もちろん、しょうたいされたらだけど」と、メグもいいました。

そして、四人《よにん》は、口《くち》をそろえていいました。

「気《き》にしないで、メリーメリー」

メリーメリーは、あわただしくいすからおりると、しんぱいそうな声《こえ》でいいました。

「あたし、さいしょからいけないもの。とってもいそがしいから。モペットがかぜをひいちゃったの。だから、おせわしないと」

「チュウ、チュチュウ……」メリーメリーは、よわよわしいモペットの声《こえ》をだして、モペットにコーンフレークをみつめさせました。

「ほら、この子《こ》、あさごはんもたべられない。かわりにたべてあげよ」

メリーメリーは、いっきにコーンフレークを口《くち》につめこむと、モペットをそっともちあげ、小《ちい》さなはこのベッドにねかしつけました。

四人《よにん》のきょうだいは、ごぜんちゅうずっと、なにかにつけては、大《おお》みそかのパーティーのはなしをしていました。どんなふくをきていこうかとか、なにをもっていこうかとか、パーティーでは、どんなごちそうがでてくるだろうかとか。そんななか、モペットのかぜは、ますますひどくなるいっぽうでした。

メリーメリーは、モペットのそばにすわって、おはなしをきかせてやったり、もうふをかけなおしてやったり、人形用《にんぎょうよう》のコップでくすりをのませてやったりと、いそがしくはたらきました。おかげでパーティーのことをかんがえるひまなど、まったくありませんでした。

おひるごはんのまえに、買《か》いものがえりのメリーさんが、メリーメリーの家《いえ》にやってきました。メリーさんは、きんじょにすんでいる、ようきなふとったおばさんで、バーバラとビリーとバンティとボブのおかあさんです。

メリーメリーは、メリーさんの声《こえ》がげんかんからきこえてくると、モペットといっしょにテーブルの下《した》にかくれました。きょうだけは、メリーさんにあいたい気分《きぶん》ではなかったのです。

ミリアムとマーチンとマービンとメグは、メリーさんを居間《いま》のテーブルへつれてきました。そしてまた、大《おお》みそかのパーティーのはなしをはじめました。

「わたし、パーティーにくるみんなを、びっくりさせようとおもってるの」と、メリーさんはいいました。「うちのおとうさんにね、古《ふる》いふくをきせて、ながくて白《しろ》いひげもつけさせて、旧年《オールドイヤー》のおじいさん役《やく》になってもらうの。そして、とけいが十二時《じゅうにじ》のかねをうつころに、パーティーのへやにはいってきてもらうのよ。それで、かねがなりだしたら、いれかわりで新年《ニューイヤー》のようせいがふたり、そこにあらわれる。ようせいは、クラッカーがいっぱいはいった、大《おお》きなはこをもっていてね、とけいのかねが十二《じゅうに》かいなって、ことしがおわったら、クラッカーをみんなにくばって、新年《しんねん》のおいわいをするの」

「ようせい？」と、メグがききました。

「そう。でも、もちろん、ほんもののようせいじゃないわ」と、メリーさんはいいました。「わたしがきたのは、そのことなの。ねえ、ようせいになってくれない？　大《おお》きい子《こ》がいいの。はこんでもらうクラッカーのはこが、けっこう大《おお》きいから」

「わたし、やる！」と、ミリアムがいいました。

「ぼ、ぼくが？」と、マーチン。

「ぼく、むり！」と、マービン。

「やりたい、やりたい！」と、メグもいいました。

「もちろん、男の子《おとこのこ》はむりよ」と、メリーさんはいいました。「たのみたいのは、ミリアムとメグよ」

マーチンとマービンは、ほっとして、ミリアムとメグは、大《おお》よろこびしました。

「でも、あたしたち、なにをきればいいの？」ミリアムとメグがいいました。

「それならだいじょうぶ。ちょうどあなたたちにぴったりの、ようせいのいしょうがあるから」と、メリーさんはいいました。「きょねんまで、うちのバーバラとパンティがつかってたんだけど、ふたりには、もう、小《ちい》さくなっちゃってね。というか、ふたりとも、ふとりすぎちゃって、ようせいになるにはもう……。まあ、そんなことどうでもいいわ。とにかく、あなたたちがあのいしょうをきてくれたら、とってもにあうとおもうの。でも、このことは、だれにもいっちゃだめ

「むかし、あるところに、
でっかいようせいが、ふたりいたんだって……」

よ。みんなをびっくりさせるんだから」

メリーメリーは、テーブルの下《した》でモペットにいいました。

「ねえ、むかしばなしきく？　むかし、あるところに、でっかいようせいが、ふたりいたんだって……」

「あっ、メリーメリー！」と、ミリアムがいいました。「あっちへいってなさい！　ぬすみぎきはだめよ」

それでも、メリーメリーはつづけました。

「そのふたりのようせいのなまえは、

ミと、メではじまって……」

「ちょっと、あっちいって！」と、ミリアムとメグがいいました。

「なまえは、ミートソースとメンタイコって、いうの」

「おれがおいだしてやろうか？」と、マーチンがいいました。

「もうあっちへいこう！」メリーメリーは、モペットのキーキー声《ごえ》でいいました。「ぼくは、ようせいなんかしんじない！　ぼくがしんじるのは、ねずみだけだ」

メリーメリーは、テーブルの下《した》からはいでると、モペットにいいました。

「そうなの、そうなの。わかったわ、いきましょうね。そしたらあっちで、ねずみのむかしばなしをきかせてあげるわ」

メリーメリーは、台所《だいどころ》へいきました。台所《だいどころ》では、おかあさんがおひるごはんのしたくでいそがしくしていました。メリーメリーは、ながしのそばにすわりこんで、モペットにねずみのむかしばなしをしはじめました。

「むかしむかし、あるところに、ひどいかぜをひいた、かわいそうな小《ちい》さなねずみがいました。ねずみのかぜは、どんどん、どんどん、ひどくなっていったんだけど、アイスクリームをもらったとたん、なおってしまいました」

りょうりをしていたおかあさんが、チラッと、メリーメリーをみていいました。

「モペットのかぜ、いまもひどいの？」

「うん、またちょっとひどくなった」と、メリーメリーはこたえました。「でもまあ、しんだりはしないとおもうけど。いまのとこはね……。たぶんね……。そんなことにはね……。ほんと、そうならないといいんだけど……」

「アイスクリームがあれば、なおるとおもう？」

「そうね！　きっと」

おかあさんは、メリーメリーに三《さん》ペンスくれました。メリーメリーは、さっそくお店《みせ》へはしっていって、アイスクリームを買《か》いました。かえりみち、まえのほうから、メリーさんがやってくるのがみえました。

「とまって、しゃべらないようにしよう」メリーメリーは、ひとりごとをいいました。「あたしは、ひどいかぜをひいた、かわいそうなモペットのために、はやくかえらなきゃいけないんだから。メリーさんとしゃべるのは、またこんどよ」

メリーメリーは、下《した》をむいてはしりだしました。このままはしって、メリーさんに気《き》づかれなければいいとおもったのです。ところが、そうはいきませんでした。

「あぁ、メリーメリー！　あいたかったのよ」と、よびとめられてしまったのです。

メリーメリーは、しかたなくメリーさんのまえで立《た》ちどまりました。

あたしは、かわいそうなモペットのために、はやくかえらなきゃいけないんだから。

「あなた、わたしのびっくりけいかくを、すっかりきいてしまったわよね？」と、メリーさんはいいました。「だからわたし、もうひとつ、さいごのびっくりをかんがえたの。これはまだ、あなたのきょうだいたちには、いってないのよ。それには、小《ちい》さい女《おんな》の子《こ》がひつようで、それがメリーメリー、あなたにぴったりってわけ。ねえ、うちのパーティーにきてくれない？　だれにもばれないように、ないしょで。うちのおとうさんが、パーティーがはじまってしばらくしたら、車《くるま》でむかえにいくから。あなたにぴったりのいしょうもあるのよ。それで、十二時《じゅうにじ》のかねがなったとき、あなたがさいごに、みんなをびっくりさせるの。どう？　やってくれる？」

「ええ、もちろん！」と、メリーメリーはいいました。「あたし、いままで、いろんなしっぱいで、みんなをびっくりさせたことはあったけど、さいしょからじゅんびして、びっくりさせるなんて、やったことないもの！」

「じつはもう、あなたのおかあさんにははなしをして、いいですよって、いわれてるの。だから、おかあさんはしってるわ。だけど、だれにもいわないから、あなたもいっちゃだめよ。きょう、あとでうちにいらっしゃい。お茶《ちゃ》をのみながら、じっくりけいかくをねりましょう」

メリーメリーは、うれしくてうれしくて、こころをはずませながら、はしって家《いえ》にかえりました。買《か》ったアイスクリームは、はんぶんとけてしまったので、おわんのなかにいれました。メリーメリーは、モペットにアイスクリームをたべさせながら、大《おお》きな声《こえ》でうたいだしました。

それをみたミリアムとマーチンとマービンとメグは、びっくりしました。

「なんであんなに、きげんがよくなったんだろう?」と、みんなはいいました。

「メリーさんにお茶《ちゃ》にさそわれたのよ。きょう、このあとで」と、おかあさんがいいました。

「そっか。パーティーには、いけないからね！」と、みんなはいいました。

「モペットのかぜはよくなったの？」と、おかあさんがききました。

「ええ。もうだいぶ」メリーメリーは、おわんのアイスクリームをさいごにひとなめして、いいました。「ほら、これでよくなるとおもった」


大《おお》みそかのよるになりました。ミリアムとマーチンとマービンとメグは、わくわくしていました。メリーメリーは、四人《よにん》がパーティーへいくじゅんびをするのをよそ目《め》に、ふだんどおりにしていました。

ねる時間《じかん》になると、メリーメリーは、下着《したぎ》すがたのままで、上《うえ》だけパジャマをきて、ベッドにもぐりこみました。みんなは、すこしもあやしみませんでした（みんながでかけたら、メリーメリーは、ばんごはんをトレイにのせて、ベッドでたべることになっていました。そして、メリーさんちのおとうさんがむかえにくるまで、おかあさんが絵本《えほん》をよんでくれることになっていたのです)。

いよいよ、ミリアムとマーチンとマービンとメグがでかける時間《じかん》になり、四人《よにん》が、メリーメリーにおやすみをいいに寝室《しんしつ》へいくと、メリーメリーは、あたまからふとんをすっぽりかぶっていました。みんなをみると、わらってしまいそうだったからです。ところが、それをみた四人《よにん》は、メリーメリーはパーティーにいけないから、すっかりおちこんでいるんだとおもって、やさしく声《こえ》をかけました。

「気《き》にすることないよ、メリーメリー」と、みんなはいいました。「もうすこし大《おお》きくなれば、大《おお》みそかのパーティーにいけるようになるからね」

「なかないでね。あした、リボンのかみかざりをあげるから」と、ミリアムがいいました。

「げんきだせよ。パーティーのごちそうをもってかえってきてやるから」と、マーチン。

「おれは、紙《かみ》ナプキンをつかわないで、もってかえってきてやるよ。それをモペットのテーブルクロスにしてやりな」と、マービン。

「いい子《こ》でおやすみね。あしたのあさ、ぜんぶはなしてあげるから」と、メグもいいました。

メリーメリーは、ふとんをかぶったまままいいました。

「ありがとう、みんな。バイバイ。たのしんできてね」

そして、四人《よにん》は、でかけました。

パーティーは、とてもたのしいものでした。ミリアムとマーチンとマービンとメグは、ずっとわらったり、はしゃいだりしていました。

時間《じかん》は、もうすぐ十二時《じゅうにじ》になろうとしていました。ミリアムとメグは、ようせいのいしょうにきがえるため、こっそりへやをぬけだしました。そして、二《に》かいへあがろうと、げんかんのホールへでると、ちょうどげんかんからはいってきた、メリーさんちのおとうさんにあいました。うでに大《おお》きなまるいはこをかかえています。

「こんばんは」おとうさんが、ふたりにいいました。「どうだい？　たのしんでるかい？」

「ええ、とっても！」と、ふたりはこたえました。

「それはよかった。ところで、ほかのきょうだいは、どうしてる？」

「マーチンとマービンは、ほかの人《ひと》たちとへやにいます」と、ミリアムがこたえました。

「メリーメリーは、家《いえ》のベッドでねています」と、メグもこたえました。

「おや、それまたどうしてだい？　なにかいたずらでもしたのかな？」

「いいえ、ちがいます！」と、ふたりはいいました。「大《おお》みそかのパーティーにでるには、あの子《こ》はまだ、小《ちい》さすぎるんです」

「きみたちは、これからようせいになるんだね？」

「はい。そのはこが、クラッカーのはいってるはこですね？　のぞいてもいいですか？」

「おっとっと、そりゃ十二時《じゅうにじ》になるまでのおたのしみだ！」おとうさんは、わらっていいました。「あとでこれを、ふたりではこんでもらうけど、どうかおとさないようにね。きみたちがおもってるいじょうに、おもたいから」

おとうさんは、はこをかかえたまま台所《だいどころ》へはいると、とびらをしめてしまいました。ミリアムとメグは、二《に》かいへいそぎました。

パーティーのへやでは、マーチンとマービンがいそがしくしていました。メリーさんが、マーチンとマービンに、目《め》かくしゲームのしんこうやくをまかせたからです（ビリーとボブが、ふたりをたすけました）。メリーさんは、そのあいだ、びっくりけいかくのじゅんびをするため、パーティーのへやからはなれていました。バーバラとバンティは、きょねんやった、ようせいにならずにすんだので、ゆったりとくつろいでいました。

そして、ちょうど目《め》かくしゲームがおわったとき、メリーさんがへやにもどってきて、えがおでみんなによびかけました。

「みなさん、いま、なん時《じ》ですかー？」

「もうすぐ十二時《じゅうにじ》！」へやにいた子《こ》どもたちが、とけいをゆびさしながらこたえました。

「そのとおり！」と、メリーさんはいいました。「では、みなさん、ちょっとさがってさがって。はい、まんなかをあけてください。あれぇ？　なにかきこえてきませんか？」

子《こ》どもたちは、すこしさがってへやのまんなかをあけました。すると、へやのとびらがひらいて、白《しろ》くてながいひげをはやした、年《とし》とったおじいさんがはいってきました。

おじいさんは、つえをつきながら、よろよろとへやのなかをひとまわりすると、とけいのまえで立《た》ちどまり、目《め》をほそめて、とけいのはりをみつめました。

「あれ、だれ？」だれかが、ささやきました。

するとみんなは、いっせいにしゃべりだしました。

「しってる！　旧年《オールドイヤー》のおじいさんだ！」

「わぁ、すごい！」

「ほら、とけいをみてる！　もうすぐことしがおわるからだ。あの人《ひと》は、もうあとちょっとしか、ここにいられないんだぞ！」

そのばにいたほとんどの子《こ》が、それがメリーさんちのおとうさんだということに気《き》づいていませんでした。

そして、ついに十二時《じゅうにじ》のかねがなりだしました。すると、旧年《オールドイヤー》のおじいさん

大きなまるいはこをかかえていました。

は、とぼとぼとへやからでていきました。いれかわりに、かろやかな鈴《すず》の音《ね》をならして、ふたりのようせいがはいってきました。

ようせいたちは、銀色《ぎんいろ》のはねのついた、ピンクとブルーのドレスをきて、大《おお》きなまるいはこをかかえていました。

みんなは、手《て》をたたいてよろこびました。

「かわいい！」

そのばにいたほとんどの子《こ》が、そ

れがミリアムとメグだということに気《き》づいていませんでした。

ふたりのようせいは、はこをゆっくりゆかにおろすと、みんなにむかってほほえみ、かるくおじぎをしました。そして、ちょうど十二《じゅうに》かいめのかねがなったとき、ふたりは、はこのわきにひざをついて、いきおいよくふたをあけました。

「わぁ！」と、かんせいがあがりました。「みて！　かわいい！」

なんと、はこのなかから、りょううでにたくさんのクラッカーをかかえた、小《ちい》さなかわいいようせいがとびだしてきたのです。そのようせいは、たけのみじかい白《しろ》いドレスをきて、ほしかざりのついた、銀《ぎん》のかんむりをかぶっていました。

みんなは、いっせいにしゃべりだしました。

「新年《ニューイヤー》のようせいだ！」

「かわいい！」

「びっくりしたー」

あけまして おめでとう！

「あれ、だれだろう？」

もちろん、それは、メリーメリーだったのです！

「みなさん、あけましておめでとう！」メリーメリーはそういって、はこからでると、もっていたクラッカーをばらまきはじめました。

「メリーメリー！」ミリアムとメグそれに、マーチンとマービンは、びっくりしてさけびました。

そして、じぶんたちの目《め》がしんじられない、といったかおで、いっせいにしゃべりだしました。

「どうしてここにいるの？」

「おまえ、ベッドにねてたじゃないか！」

「だけど、かわいい！」

四人《よにん》は、しばらくこうふんしていましたが、やっとおちつきをとりもどすと、メリーメリーのことがほこらしくおもえてきました。だって、じぶんたちのいもうとが、こんなにすてきなことをやってくれたんですもの！

ミリアムとマーチンとマービンとメグは、それぞれのともだちに、「あのかわいい小《ちい》さなようせいはだれ？」と、きかれたので、「あぁ、あれはうちのいもうとの、メリーメリー」と、こたえました。

「メリーメリーが、パーティーにきてたこと、しらなかったの？」と、だれかがききました。

「うん、しらなかった」

「こっちが、びっくりしたもん」

「おれたちのいもうと、かわいいだろ？」

「メリーメリーって、いつもなにかやってくれるのよ」

メリーメリーは、メリーさんのひざにすわって、チョコレートのアイスクリームをたべながら、みんなの会話《かいわ》に耳《みみ》をかたむけていました。あちこちから、きこえてくるはなしが、じぶんのことばかりだったので、メリーメリーは、にこにこしながらも、ちょっとびっくりしていたのでした。

♫こうしてメリーメリーは、大《おお》みそかのパーティーにいったんですって。これで、このおはなしは、おしまいです。

5

メリーメリー プリムローズを みつける

ある日《ひ》、メリーメリーは、なにもすることがなくてたいくつしていました。そこで、家《いえ》のなかをあるきまわって、みんながなにをしているのか、みにいきました。

おかあさんは、ものおきべやで、トランクをのぞいていました。

「なにさがしてるの？」と、メリーメリーはききました。

「ほこりよけのカバーよ」と、おかあさんはこたえました。「いまから、へやじゅうをそうじするから、いろんなものに、ほこりがかぶらないようにね」

「へえ」

あまりおもしろそうではありません。そこでミリアムはなにをしているのか、みにいきました。

ミリアムは、寝室《しんしつ》で、かがみをじっとのぞきこんでいました。かおを右《みぎ》にむけたり、左《ひだり》にむけたりしながら、じぶんの鼻《はな》をよこ目《め》でみていました。

「なにしてるの?」と、メリーメリーはききました。

「なにも」ミリアムは、ふきげんそうな声《こえ》でいいました。「みればわかるでしょ。ほんと、ひどい」

「なにが?」

「にきびよ。鼻《はな》にできちゃったの。おかあさんにどうしたらいいか、きかなくちゃ」

「へえ」

これも、あまりおもしろそうではありません。そこでマーチンはなにをしているのか、みにいきました。

マーチンは、かいだん下《した》のものおきのなかを、がさごそあさっていました。

「なにさがしてるの?」と、メリーメリーはききました。

「ロープさ」と、マーチンはこたえました。「たかとびのれんしゅうをするんだ」

「いいな。あたしもやりたい」

「だめ。体育《たいいく》のれんしゅうなんだから。けっこうたかくしてとぶんだぞ。みてるだけならいいけどな」

みているだけなんて、あまりおもしろそうではありません。そこでマービンはなにをしているのか、みにいきました。

マービンは、おもちゃばこのなかを、がさごそあさっていました。

「なにさがしてるの？」と、メリーメリーはききました。

「おもちゃのモーターボート。池《いけ》のこおりがとけただろ？　たしかあのボート、ちょっとこわれてたから、なおして、また、はしらせるんだ」

さがすのをみているなんて、あまりおもしろそうではありません。そこでメグはなにをしているのか、みにいきました。

メグは、一《いっ》かいで、ピアノをひいていました。

「すてき」と、メリーメリーはおもいました。「おどったり、うたったりできる。えいがにでてくる、じょゆうさんになろうっと」

メリーメリーは、メグのいるへやのとびらをあけると、目《め》をとじ、りょううでをゆうがにひろげ、つまさき立《だ》ちで、はいっていきました。まるでじぶんが、あまくうつくしい曲《きょく》にのって、おどっているかのように。

ところが、目《め》をつぶって、つまさき立《だ》ちをしていたので、まわりがよくみえず、だんろのまえのしきものにすべって、ドシン！　と、しりもちをついてしまいました。

メグは、ピアノをひく手《て》をとめると、メリーメリーをにらみつけました。それからピアノにむきなおると、がくふをじっとみつめました。

メリーメリーは立《た》ちあがり、りょう手《て》でスカートのすそをつまむと、右足《みぎあし》のつまさきをまえにだして、おどるしせいをとりました。ところが、メグは、がくふをみつめたままです。

「どうしてひかないの？」と、メリーメリーはききました。

「さがしてるのよ、ひくところを」と、メグはこたえました。

「ひくところって？」

「あなたがとちゅうでじゃましたから、どこまでひいたか、わからなくなったんじゃない。もうあっちへいって。みればわかるでしょ？　わたしはいそがしいの。まだ、音《おん》かいれんしゅうのとちゅうなんだから」

えいがのじょゆうさんが、音《おん》かいのれんしゅうでおどるなんて、あまりおもしろそうではありません。そこでモペットをみつけにいきました。

モペットは、メリーメリーのまくらの上《うえ》にすわって、黒《くろ》いビーズの目《め》で、かけぶとんをみつめていました。

「みんな、なにかさがしてたわ」メリーメリーは、モペットにいいました。「だったら、あたしたちも、なにかさがしにいきましょ」

「でも、なにをさがすのさ？」メリーメリーは、モペットのキーキー声《ごえ》でいいました。

「なにがいいかな？」と、メリーメリーはいいました。「なんでもいいのよ。なにをさがすかきめないでいたら、なにかいいものがみつかるかもしれないわ」

メリーメリーは、モペットをもって、かいだんをおりると、庭《にわ》にでました。しばらくぶらぶらしてみましたが、とくにいいものはみつかりませんでした。

メリーメリーは、モペットのキーキー声《ごえ》でいいました。

「大《おお》きいものをさがすのは、やめようよ。そうじゃなくて、ぼくくらい、小《ちい》さいものをさがしたら？」

「いいわね」と、メリーメリーはこたえました。

そして、モペットをスカートのポケットにつっこむと、花《か》だんにはいり、四《よ》つんばいになって、モペットぐらいの大《おお》きさで、なにかいいものはないかと、さがしはじめました。

すると、メリーメリーは、一《いち》りんのプリムローズをみつけました。小《ちい》さくてかわいい黄色《きいろ》の花《はな》が、かれ葉《は》のあいだからのぞいていたのです。

「あ、お庭《にわ》でさいた、さいしょの花《はな》だ」と、メリーメリーはいいました。「いい

小さくてかわいい黄色のプリムローズ

もの、みぃつけた！　みんなにおしえてあげよ！」

メリーメリーは、居間《いま》でおかあさんをみつけました。おかあさんは、テーブルやいすに、白《しろ》いほこりよけのカバーをかけていました。メリーメリーは、居間《いま》にかけこんでいいました。

「おかあさん！　あたしがみつけたのなーんだ？」

「ちょっとまって、メリーメリー。いい子《こ》だから、いまは、あっちへいっててちょうだい。けさは、あれこれ、いそがしいの」おかあさんはそういって、ふみ台《だい》にのぼると、たなの上《うえ》をふきはじめました。

メリーメリーは、ほこりよけのかかった小《ちい》さなテーブルをみると、これでテントごっこができる、とおもいつきました。そこでテーブルの下《した》にもぐりこみ、ほこりよけのカバーのはしをすこしひっぱって、テントの入《い》り口《ぐち》にしようとしました。ところが、いきおいよくひっぱりすぎて、ガタン！と、テーブルをたおしてしまい、ほこりよけのカバーが、メリーメリーにかぶさってしまいました。

ふみ台《だい》の上《うえ》から、おかあさんがいいました。

「メリーメリー。おねがいだから、いまはほかであそんでてちょうだい。これは、あそびじゃないの。春《はる》をむかえるための大《おお》そうじなんだから」

メリーメリーは、ほこりよけのカバーをとりのけると、ほかのだれかに、プリムローズのことをおしえにいくことにしました。

寝室《しんしつ》にいってみると、まだミリアムがいました。ミリアムは、あいかわらずかがみをのぞきこんでいて、こんどは、白《しろ》いクリームを鼻《はな》のさきにぬっていました。

「ミリアムおねえちゃん。あたしがなにをみつけたか、きいてくれる?」

「あとでね」と、ミリアムはいいました。「わかるでしょ? いま、いそがしいの」

寝室《しんしつ》の小《ちい》さなテーブルに、白《しろ》いクリームのびんがおいてありました。

「おもしろそう。これをぬって、サーカスのピエロになるの? あたしもやりたい」メリーメリーはそういって、クリームのびんにゆびをつっこみました。

ミリアムが、すぐにうばいかえしていいました。

「ちょっとさわらないで。メリーメリーには、ひつようない。あなたにひつようなのは、かおをよくあらうこと。かがみをみてごらん、どろだらけよ」

「じゃあ、なんでおねえちゃんにはいるの?」

「鼻《はな》ににきびができちゃったからよ。おかあさんが『春《はる》になったからかしらね』って、いってた。さ、どっかいって」

そこでメリーメリーは、マーチンをみつけにいきました。

マーチンは、食堂《しょくどう》で、ロープのはじをとびらのとってにひっかけ、もういっぽうのはじをテーブルのあしにむすびつけていました。

メリーメリーが、食堂《しょくどう》のとびらをいきおいよくあけていいました。

「マーチンおにいちゃん！　あたしがみつけたの、なーんだ？」

ちょうどそのとき、マーチンは、ロープにむかってジャンプしたところでした。

「ちょ、ばか！」と、マーチンはいいました。「いきなりはいってくるなよ。じゃましやがって。みててもいいけど、しずかにしてろ。はなしかけたりするな」

メリーメリーは、そのまま食堂《しょくどう》にはいって、大《おお》きなソファにすわり、マーチンがやることをながめていました。ところが、それもすぐにあきて、メリーメリーも、マーチンがロープをとびこえるたびに、せもたれから、ソファの上《うえ》にとびおりはじめました。

すると、とつぜん、バチン！という、大《おお》きな音《おと》がしました。

「わっ！　なに？」と、メリーメリーはいいました。

「あっ！　しらね」と、マーチンがいいました。「きっとスプリングだ」

「スプリングって、なに？　春《はる》ってこと？」

「そうともいうけど、いまのは、バネだよ。たぶん、おまえがドッタンバッタンやったから、ソファのスプリングがこわれたんだ。そら、ほかにもなにかこわさないうちに、どっかへいったほうがいいぞ」

そこでメリーメリーは、マービンをみつけにいきました（メリーメリーは、プリムローズのことを、まだだれにもおしえられていませんでした）。

マービンは、おもちゃのモーターボートをもって、おもちゃばこのまえにすわ

バチン！

っていました。

「あたしがみつけたの、なーんだ？」メリーメリーは、マービンにはなしかけました。

「しるか、そんなの」と、マービンはいいました。「いまは、こいつをなおすのにいそがしいんだ」

「どうしたの？」

「スプリングがこわれてるのさ」

メリーメリーは、こわれたスプリングのことなど、もうききたくありませんでした。そこで、そそくさとメグをみつけにいきました。

メグは、まだピアノをひいていました。メリーメリーは、メグのよこに立《た》って、メグがピアノをひきおわるのをまっていました。そうすれば、プリムローズのことをきいてもらえるとおもったのです。

ところが、メグのピアノは、なかなかおわりませんでした。曲《きょく》のおなじところを、なんどもなんどもれんしゅうしていたのです。そしていつも、もうすこしというところで、つっかえていました。

そうやってくりかえされる音《おと》が、だんだんひとつの曲《きょく》のようにきこえてきて、メリーメリーは、どんな曲名《きょくめい》だったらあうかなと、かんがえはじめました。けれども、とうとうまちくたびれて、けんばんのはしっこのひくい音《おと》を、ボーンボーンと、ならしはじめました。

「ちょっと、やめて！」メグは、けんめいにひきつづけながらいいました。

メリーメリーは、もういっぽうのはしにまわって、けんばんのたかい音《おと》を、キーンキーンとならしました。

「あっちいって！」メグは、とうとう手《て》をとめていいました。

「あたしがなにをみつけたか、ききたい？」と、メリーメリーはききました。

「べつに。ききたくない」と、メグはこたえました。「あのね、みればわかるでしょ？　わたしは、ピアノのれんしゅうをしてるの」

「なんでれんしゅうしてるの？」

「学校《がっこう》ではっぴょうするからよ。けっこうむずかしい曲《きょく》なの」

「それって、〈きょじんの足音《あしおと》〉って曲《きょく》？　それとも、〈ぞうさんボールであそびましょ〉っていうの？」

「なにいってるの。〈春《はる》のうた〉って曲《きょく》よ。さ、あっちいって。もうじゃましないで」

メリーメリーは、へやからでていきました。けっきょく、プリムローズのことを、だれにもおしえられませんでした。

メリーメリーは、げんかんからそとにでて、まえ庭《にわ》の小道《こみち》をとおり、門《もん》のところまでいくと、門《もん》に足《あし》をかけ、ゆらゆらとゆらしました。てんきはよく、あたたかでした。ちかくの木《き》で、小鳥《ことり》が、ピーピー、チーチーと、大《おお》きな声《こえ》でさえずっています。

そこへ、ごきんじょのバセットさんが口《くち》ぶえをふきながらやってきました。バセットさんは、メリーメリーと目《め》があうと、にっこりわらって、「こんにちは」と、いいました。

「こんにちは」メリーメリーもこたえました。「なんで口《くち》ぶえふいてるの？」

「ん？　だって、きょうはいいてんきだからね」と、バセットさんはいいました。「春《はる》は、もうすぐそこだよ、メリーメリー」

「うん、しってる。だって、うちには、もうきたもの」

「どういうことだい？」

「だってね、おかあさんは、春《はる》の大《おお》そうじをやってるし、ミリアムおねえちゃんは、鼻《はな》ににきびができたの。それって春《はる》がきたってことなんだって。それから、ソファにとびのったら、バチンって音《おと》がしてね、それはスプリングの音《おと》だって、マーチンおにいちゃんがいったの。それにマービンおにいちゃんは、おもちゃのボートにあたらしいスプリングをつけてたし、メグおねえちゃんは、ピアノで〈ぞうさんボールであそびましょ〉って曲《きょく》をひいてるようにきこえたんだけど、ほんとうは、〈春《はる》のうた〉って曲《きょく》なんですって。だからうちには、もうあまっちゃうほど、春《はる》がきてるの」

「そういうこととか」と、バセットさんはいいました。「春《はる》の大《おお》そうじとか、にきびとかでは、おもいつかなかったが、わたしは、鳥《とり》が木《き》で巣《す》づくりをはじめたり、いけのこおりがとけはじめたり、花《か》だんにある花《はな》のつぼみがいまにもひらきそうだったりするのをみて、あぁ、春《はる》がちかづいてるな、とかんじたんだよ」

すると、メリーメリーは、とつぜんおもいだしたかのようにいいました。

「そうだ！　あたしがみつけたの、なーんだ？」

「ほう。なんだろうね。そうだな、クロッカスとか？」

「はずれ！　プリムローズよ！」

「あぁ、それぞまさしく、春《はる》のおとずれだ！　そうなると、いまごろ、ブラムリー・ウッズこうえんのプリムローズも、みごとだろうなぁ」

「うちの人《ひと》たちったら、みんないそがしくて、プリムローズをみてくれないの。だからまだ、だれもしらないんだ」

「だったら、つんで、みせにいったらどうだい？」

そこでメリーメリーは、花《か》だんへいって、プリムローズをつみました。ちょうどいい花《か》びんがなかったので、ジャムのあきびんに水《みず》をいれてさしました。

おひるごはんの時間《じかん》になりました。メリーメリーは、おかあさんが台所《だいどころ》へお皿《さら》をとりにいったすきに、テーブルのおかあさんのばしょに、プリムローズをさしたジャムのあきびんをおきました。

「なにそれ?」と、ミリアムがききました。

「あ、花《はな》だ」と、マーチン。

「ジャムのびんか」と、マービン。

「一本《いっぽん》じゃ、つりあわないわね」と、メグもいいました。

そして、四人《よにん》は、口《くち》ぐちにいいました。

「メリーメリー、そんなものテーブルにおいちゃだめ」

「おかあさんが、お皿《さら》をおけないじゃないか」

「水《みず》がこぼれてるぞ」

「そのジャムのびん、花《か》びんにするには大《おお》きすぎるわ」

するとそのしゅんかん、メリーメリーは、大声《おおごえ》でどなりました。

「みんな、ばかじゃないの?　さっきから、せかせかしたり、バタバタしたり、

「みんな、ばかじゃないの?」

イライラしたり、かりかりしたり！　春《はる》の大《おお》そうじだ、鼻《はな》のにきびだ、こわれたソファのスプリングだ、おもちゃのボートのスプリングだ、ピアノの〈春《はる》のうた〉だっていってるけど、そんなこと気《き》にしてるから、このプリムローズが目《め》にはいらないのよ！　ほら、これこそ、ほんとうの春《はる》じゃない！」

ちょうどそのとき、おかあさんがお皿《さら》をもって、もどってきました。おかあさんは、ジャムのびんにささったプリムローズをみると、いいました。

「あら、小《ちい》さなかわいいプリムローズ！　ことし、はじめてみたわ。だれがみつけたの？」

ところが、メリーメリーは、まだきょうだいたちに、まくしたてていました（でも、さっきほど、大《おお》きな声《こえ》ではありませんでした）。

「プリムローズが、うちの庭《にわ》でさいたってことはね、だれかさんが、せかせか、バタバタ、イライラ、かりかりしてるあいだに、ブラムリー・ウッズこうえんでは、それはもうたっくさんのプリムローズがさいてるってことでしょ？　それで、そこにいる人《ひと》たちはきっと、だぁれも、せかせか、バタバタ、イライラ、かりかりしてないはずよ。それでもし、あたしがおかあさんなら、そんな、せかせか、バタバタ、イライラ、かりかりかりした子《こ》どもたちをつれて、ブラムリー・ウッズこうえんへピクニックにいくわ！　そして、みんなでプリムローズをつむ！」

ミリアムとマーチンとマービンとメグは、いっせいにしゃべりだしましたが、おかあさんがみんなにいいました。

「シッ！　みんなきいて。たしかにメリーメリーのいうとおりだわ。わたしたち、うっかりしてた。春《はる》がきたってことを、みすごしてたわ。ブラムリー・ウッズこうえんのプリムローズのことをすっかりわすれてたもの。いまごろ、きっとみごろよ。ねえ、メリーメリーがいったように、このあとすぐ、みんなでピクニックにいかない？」

すると、四人《よにん》はいいました。

「うん、いく！」

「やったー！」

「ピクニックだー！」

「いいことおもいついてくれたわね。メリーメリーって、あったまいい！」

「そう、メリーメリーのおかげね。だって、メリーメリーだけが、ほんとうの春《はる》をみつけてくれたんですもの！」と、おかあさんはいいました。


♫こうして、みんなは、ブラムリー・ウッズこうえんへ、ピクニックにでかけたんですって。メリーメリーが、ことしさいしょのプリムローズをみつけてくれたおかげですよ。これで、このおはなしは、おしまいです。

訳者《やくしゃ》あとがき

五人きょうだいのすえっこ、メリーメリーは、いつも、おねえちゃんやおにいちゃんたちに、相手《あいて》にされなかったり、ばかにされたりして、あかちゃんあつかいされていまず。でも、お話の最後《さいご》では、いつも、きょうだいたちをあっといわせるのです。それが痛快《つうかい》で楽しいのですが、この本は、単《たん》にお話の筋《すじ》が楽しいというだけでなく、そこにあふれている上質《じょうしつ》なユーモアと、メリーメリーの等身大《とうしんだい》の豊《ゆた》かな想像力《そうぞうりょく》が、わたしたち読《どく》者《しゃ》をほっこりとした気持《きも》ちにもさせてくれます。

そして、もう一つ、この作品《さくひん》の魅力《みりょく》をあげるとすれば、それは登場《とうじょう》するおとなたちの存在《そんざい》です。おとなりのサマーズさん、ご近所《きんじょ》のバセットさん、消防士《しょうぼうし》さんやウィンターさん、アンソニーさんに、ストークスさん、メリーさんとそのご主人《しゅじん》、郵便屋《ゆうびんや》さんに、クリーニング屋さん、もちろん、メリーメリーのおとうさんや、おかあさん。そのおとなたちが、メリーメリーのきょうだいとは対照的《たいしょうてき》に、メリーメリーを一人前《いちにんまえ》の人間として、対等《たいとう》にあつかってくれるのです。

それは、メリーメリーにとって、また、読者《どくしゃ》である子どもたちにとって、どれだけうれしいことでしょう。子どもは日ごろから大なり小なり、「ぼくだってできるのに」とか、「わたしだっていつか」と、意識的《いしきてき》もしくは無意識的《むいしきてき》に、自分を抑制《よくせい》しています。このお話に出てくるおとなたちは、メリーメリーを自らと対等《たいとう》にあつかうことによって、メリーメリーと読者の気持《きも》ちをのびのびと解放《かいほう》してくれるのです。そして、やりたいようにやってくれたメリーメリーが、最後《さいご》に大きい子たちの鼻《はな》を明かすわけですから、読者にとって、これほど気持ちのよいことはないでしょう。

「すぐれた児童《じどう》文学には、すばらしいおとなが登場《とうじょう》する」

以前《いぜん》、私《わたし》にそう教えてくれたのは、中川李枝子《なかがわりえこ》先生でした。まさに、このお話に出てくるおとなたちは、理想《りそう》のおとな像《ぞう》なのかもしれません。そんな理想像に、幼少期《ようしょうき》に出会えるか、出会えないか、これは大きな差《さ》になると思います。

幼少期《ようしょうき》に理想《りそう》のおとな像《ぞう》にたくさん出会っていれば、子ども時代《じだい》には、人間への信頼《しんらい》感《かん》として、その子を支《ささ》えるでしょうし、おとなになり、親になってからは、そのおとな像を模倣《もほう》して、わが子を愛《あい》し、幸《しあわ》せにすると思うからです。私《わたし》は、これこそが世《よ》の中《なか》を平和《へいわ》にすること、暴力《ぼうりょく》や戦争《せんそう》をなくすことへの第一歩だと信《しん》じています。

あとがきを書くにあたり、作者ジョーン・G・ロビンソンの長女であり、代表作「テディ・ロビンソン」シリーズに出てくるデボラちゃんこと、デボラ・シェパードさんに、日本の読者へ解説《かいせつ》もかねて、メッセージを寄《よ》せていただきました。

母は、一九五三年に「テディ・ロビンソン」の一巻目《かんめ》を発表《はっぴょう》して以来《いらい》、一年に一冊《さつ》、つづけて三冊続刊《ぞっかん》を書きました。母は、不安《ふあん》、恐怖《きょうふ》、嫉妬《しっと》、未熟《みじゅく》さなどといった、人の内面《ないめん》にある感情《かんじょう》をテーマにし、それをその一話一話に織《お》り込《こ》んでいきました。ですが、そのうち変化《へんか》が必要《ひつよう》だと感《かん》じたようで、この「メリーメリー」を書きはじめました。「メリーメリー」は、「テディ・ロビンソン」とはちがい、四人きょうだいであった、母の幼少期《ようしょうき》の体験《たいけん》がお話のベースとなっています。

わたしたち読者は、メリーメリーをまだ幼《おさな》いからと、ついついわらってしまいますが、最後《さいご》にわらうのは、いつだってメリーメリーです。そんなメリーメリーのお話を日本の読者のみなさんにも楽しんでもらえたら、とてもうれしく思います。

ジョーンは、テディ・ロビンソンの本を四冊書《さつ》いた後、「テディ・ロビンソン」と「メリーメリー」を交互《こうご》に発表《はっぴょう》していきました。そして、「テディ・ロビンソン」を七冊、「メリーメリー」を三冊、残《のこ》したのです。テーマを決《き》めて書かれた「テディ・ロビンソン」と、幼少期《ようしょうき》の思い出をもとに書かれた「メリーメリー」。ジョーンは、どのような心持《こころも》ちでこの二つの作品《さくひん》の執筆《しっぴつ》にあたったのか、想像《そうぞう》すると楽しくなります。

ジョーンの略歴《りゃくれき》や、作家になったいきさつなどについては、『テディ・ロビンソンとサンタクロース』(岩波書店刊《かん》)のあとがきに書きました。どうぞそちらもご覧《らん》下さい。

二〇一七年八月

小《こ》宮《みや》 由《ゆう》

ジョーン・G・ロビンソン(1910-1988)
イギリスのバッキンガムシャー州生まれ．チェルシー・イラストレーター・スタジオで学ぶ．1941年に結婚し，2人の娘，デボラとスザンナをもうける．クリスマスカードや挿絵の仕事をしていたが，やがて自分でも子どものためのお話を書くようになる．作品に「テディ・ロビンソン」シリーズ(福音館書店，岩波書店)，『クリスマスってなあに？』『庭にたねをまこう！』『思い出のマーニー』(岩波書店)，『おはようスーちゃん』(アリス館)などがある．

小宮 由(1974-)
翻訳家．東京・阿佐ヶ谷で，家庭文庫「このあの文庫」を主宰．ロビンソン作品のほかに，『ジョニーのかたやきパン』『せかいいち おいしいスープ』『おかのうえのギリス』『ピッグル・ウィッグルおばさんの農場』『そんなとき どうする？』『さかさ町』『ベッツィ・メイとこいぬ』(以上，岩波書店)など訳書多数．

メリーメリー へんしんする
ジョーン・G・ロビンソン作・絵

2017年9月14日 第1刷発行
2018年11月25日 第2刷発行

訳 者 小《こ》宮《みや》 由《ゆう》

発行者 岡本 厚

発行所 株式会社 岩波書店
〒101-8002 東京都千代田区一ツ橋 2-5-5
電話案内 03-5210-4000
http://www.iwanami.co.jp/

印刷・精興社 製本・牧製本

ISBN 978-4-00-116011-6 Printed in Japan
NDC 933 142 p. 20 cm

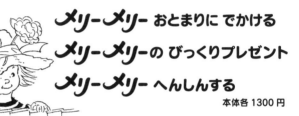

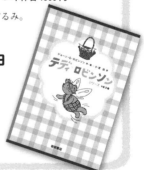